偶遇

陈鲁豫 著

北京出版集团
北京十月文艺出版社

新经典文化股份有限公司
www.readinglife.com
出　品

目录 — Contents

Part5 爱情本来就是一段心甘情愿的冒险

Part6 上天眷顾勇敢去爱的人

𝄞 *Part7* 话题

序

近几年，我变得爱哭了。以前做节目，当嘉宾讲到动情之处热泪盈眶的时候，现场的观众甚至工作人员都会跟着流泪。只有我，因为自己哭不出来，而着急、惭愧，怀疑自己要么太过理性，要么就是冷漠了。可是一个人回到家里，看剧发呆，外面雨雪阴晴，任何一点小事都有可能让我感触落泪，我知道我只是不善于在公众面前表达自己的情感。

近几年在大庭广众之下，我的眼泪来得太迅猛了。其实，什么也没发生，或者有些变化一直静水深流，反正心里的那堵墙就那么轰然坍塌了，没有任何征兆。采访霍建华，他说宣布恋情当晚，他和林心如手拉手去台北最热闹的火锅店吃饭，简简单单的一个陈述句我就哭了，因为他们牵手，因为他们坦荡，因为我知道这样做需要的勇气。他又说，抱起新生女儿的一刻，他几乎泣不成声，因为平生第一次切实感觉到他和怀里这个生命完完全全属于彼此。听到这儿我又哭了，突然觉得有一个自己的孩子，是件神奇而美妙的事情。

在《我是演说家》的舞台上，一个年轻的记者讲到凌晨四点，在大城市打拼的人们，和那些住地下室却依然乐观的年轻人。我又是稀里哗啦。我太知道凌晨四点的香港的呼吸和味道了，微咸而黏的海风，静谧的街道只有我和我的脚步声。整个香港还在熟睡，呼吸平稳，可那份无处无刻不在的压力和活力，那种每一个大城市都有的压力和活力就那么清晰地跟随着我。无数个凌晨四点，我匆匆赶往演播室，去准备清晨七点的新闻直播。好奇怪，那时候心里从来不觉得凄苦、孤独，仿佛一切理所应当。

拍摄这本书的封面时我突发奇想，要一张流泪的照片，表情不要悲苦，只是默默地，有泪、脆弱，但温暖。我请教一个戏骨朋友，如何面对镜头流出真诚的眼泪。他说，你就静静地酝酿，让镜头耐心地等待捕捉。你不要计较有没有眼泪流出，心里有比挤出来有力量。拍摄的时候，放着 Adele 的 *Someone Like You*（《爱人如你》），我心里并没有那些前尘往事、新仇旧恨，无遮无拦的心就那么全然地敞开着。当 Adele 唱道“I remember you said, sometimes it lasts in love, but sometimes it hurts instead”，我的眼泪就那么不知不觉地流了下来。

我们总是在别人的故事中流自己的眼泪，而我，一直努力地封存着我的眼泪。因为，我怕自己溃不成军。我仍然觉得不可思议，一个自己的生活并没有过明白的人，居然可以解答别人的困惑。其实，哪儿有什么解决方案，谁的人生不是一堆麻烦？所有麻烦、痛苦除了死等时间给出答案，哪有其他的办法呢？那些来信不过是絮絮叨叨地说，我的回信也不过是絮絮叨叨的陪伴，相互取暖而已。但是，这个过程却无比治愈。

这几天整理书稿，我重温两年来所有的录音文字，一次又一次地哭成狗。我的心里越来越确信我要的生活，要么孤独，要么和爱情一起，没有其他。这样的话说出来，自己都觉得幼稚。可我却真心实意地相信着。我们都按各自的意愿生活，接受过程中的所有冷暖、疼痛、悲喜。

从 1995 年开始，我看每一期的 *Vanity Fair*（《名利场》杂志），杂志的最后一页总是 Proust Questionnaire（普鲁斯特问卷），其中一个问题是：Who's the love of your life（谁是你今生至爱）？多年前第一次看到有人回答他的人生至爱是爱犬、是儿孙，而不是自己的伴侣和爱人的时候，我震惊到无以言表。我难过又恐惧地想，难道，一个人的成长过程就是慢慢失去对爱情的相信和渴望的过程吗？我对自己说，如果这是每个成年人的宿命，我要打破这个魔咒，可以受伤，但不可以失去爱的能力和信仰。可是，生活无比强悍凶险，它逼着你在生存、生活，努力出人头地的同时慢慢接受并且和自己和解，接受现实和梦想的差距，接受爱情并不是每一个人时时刻刻的必需品，接受你的爱不被珍惜、得不到回应。可我还是固执地认为，转瞬即逝的只是激情，而爱情，是会长存的。

爱情有什么用？它带给人的伤痛似乎远远多过甜蜜，而人是本能地趋利避害的呀。可是，再曾经沧海、心如止水、游戏人生的人，一旦遇见生命中的那个"终结者"——terminator，所有的怀疑、犹豫、防御、算计都会消失，在爱情中，一边犹豫，一边好了伤疤忘了疼，是人的常态。因为爱情没有任何用，但它像诗歌绘画音乐舞蹈一样，让你的内心充盈着美好。就像我第一次去卢浮宫，排了长长的队，然后被一堆人挤着，踮起脚，注视着不远处的《蒙娜丽莎》，她静静地看着我，那一刻，周围的一切都不复存在。在她的微笑中，我流着眼泪，驻足凝视。短短的时间，我又被人群拥着向前走，并没有不舍和留恋，因为我内心的激动、狂喜、无法相信已经满溢出来。那份回忆将陪伴我一生。而爱情，就是类似的感觉吧。那或长或短的一刻，真实、真诚地发生着。如果可以，我仍然渴望那种灵魂出窍的幸福。谁是你此生至爱？这个问题，在节目中，我也问过我的嘉宾，有人回答得犹豫，有人明显并不真诚，我都理解，真正能任性、按自己意愿生活的人并不多，而真正按自己意愿任性生活的人也未必幸福，所以人生至爱是谁，只要你知道答案就已经是天大的福气了。

每一次，我也会重新认真填一遍普鲁斯特问卷，关于人生至爱，我的答案有过变化，但始终清清楚楚，比如现在。爱和拥有，也许是两回事，可我总是一厢情愿地相信，此刻，如果爱，就在一起吧。被出版社逼着交稿这天，我还是忍不住跑出去看了 *Darkest Hour*（《至暗时刻》），Gary Oldman 演丘吉尔有多牛我就不赘述了，丘吉尔夫人 Clementine 一段台词让我潸然泪下，她说："结婚前一晚我打了退堂鼓，可我二十一岁以前已经取消两次订婚了，我怕可能会落下个逃婚的名声，再取消一次订婚就有点太失礼了，但我想悔婚的真正原因，是因为我知道就算是那个时候，他也会把民众的福祉放在首位，不过这样会成为一个年轻姑娘的心病，担心自己在他的心目中永远排第二。婚后也是这样，没过多久，咱们的孩子们也得接受同样的事实，我们也都以自己的方式接受了。”虽然关于丘吉尔和初恋帕米拉、第二任女友 Violet 以及太太 Clementine 几个人之间的情感纠葛我没有去深入了解，可我仍然被这样的态度和表白所感动。再独立、自我、任性的女性，遇到她认为值得的人，因为爱、因为崇拜或者因为其他而将自己放在第二位，接受这一生自己爱他都会多过他爱自己，换作是我，我也可以。不需要对方是丘吉尔，只需要我足够爱他。

这本书解决不了情感问题，但它可以让你在人生的至暗时刻感受到陪伴。无论是谁，我们都曾经或正在经历各自的人生至暗时刻，那是一条漫长、黝黑、阴冷、令人绝望的隧道，可是，我经历的一切告诉我，无论多么艰难，那束光、那份暖，就在隧道的尽头等着我。

谢谢我内心的爱。

谢谢过往的岁月。

谢谢我的朋友、家人、团队、观众、听众、读者。

谢谢为“偶遇鲁小胖”熬过夜加过班的孟一毛、陈阿牙、不二、玮小宝、艳丽、小鑫、曾靖书。

谢谢……

PART 1

按自己的意愿生活，别人闭嘴

我就丧了，就不合群，就特无聊，那又怎样？

爱情就是两个人欣喜地彼此陪伴。平等、尊严、坦诚，缺一不可。

橙子的来信

一直都很喜欢你，鲁小胖，喜欢看你的节目。我出来工作一年了，喜欢上了一个男孩子，跟他告白了。他比我大六岁。说实话，平常也没话聊，没有共同话题，但是我还是以我的方式对他好，然而还是没啥用！他觉得我很无聊，但是并不讨厌我。在没遇到他之前，我会去享受一个人的生活，但是和他在一起之后，就变了。

我想方设法去和他说话，感觉自己也慢慢地发生了变化，结果还是很无聊。说实话，我觉得挺可怕的。也许是我生活圈子小，没有形成自己的生活。我有点怀念以前的自己了，不管开心、无聊、忙碌，不管好的、坏的，根本不需要在意别人的评价。人们常讲，不要和无趣的人谈恋爱。所以说，像我这样一个经常让人感到无聊的人，是不是就不配去谈恋爱？我是不是应该先去追寻自己的生活？

Miss 芸的来信

鲁豫姐你好！我是 Miss 芸，一直都很喜欢你！大学毕业之后，我一直过得很不开心，不断相亲，就是一直找不到合适的，可是我又觉得一定要找个可以令我怦然心动的人。对于现在的生活我觉得特别不满意，我觉得自己一直都没有归宿，不知道属于我的幸福什么时候可以到来。我属于人们眼中的“剩女”。你说得对，婚姻不能将就，可是等待的时间太煎熬了！前段时间看一个节目讨论过，剩男剩女找对象是不是应该差不多得了。说实话，我很困惑。鲁豫姐，每个人都有属于自己的幸福吗？

鲁小胖的回信

英文有个词儿叫 doormat，本意是门口的擦脚垫。话说我家门口就有一张，用了很多年，又脏又臭，我得赶紧去换一个。doormat 引申出来是指逆来顺受的人。比如某渣，家里可能有老婆有女友，人前人后也秀着恩爱，平常也没什么工夫搭理你。你一个人隐忍、痛苦、期盼，他呢，隔三岔五又没事人似的招你一下，而你永远在他空虚无聊的时候回应他、原谅他、接受他，于是你就成了那张 doormat。

一生中总有某个时候，我们像昏了头似的任由别人 walk all over us（对我们为所欲为），还安慰自己说，那是因为爱，一点点受伤算什么，一点点自尊又算什么。Please！所有认为爱有多深就该有多痛的人，脑子都瓦特了（上海方言：坏掉了），包括我。

爱情又不是上天入地，不是柯洁和 AlphaGo 人机大战，不应该那么复杂。爱情就是两个人欣喜地彼此陪伴。平等、尊严、坦诚，缺一不可。别人可以不爱你，那不代表别人渣，但是你如果允许一个不爱你或者不够爱你的人拿你当 doormat，那也不一定是别人渣，而是你傻。我们肯定都傻过，或许还正傻着，那就醒醒吧。

这两天听了个"doormat"的故事，有点受刺激，所以就想和你们唠两句。橙子的信问到无趣的人是否不适合谈恋爱。这个问题其实和恋爱的关系不太大，而是关于什么是时下"政治正确"、喜闻乐见的性格。比如外向、不拘着、男男女女都有点"汉子"的劲儿、好玩、有趣，甚至有点"二"，这些都是被认为是正确的人设，而相反的一切则被视作"装"或者"无趣"。

我就丧了，就不合群，就特无聊，就内心细腻而拧巴，那又怎么了呢？这世上没准儿就有一个和我一样，面目不可憎但也不喜兴的普通人呢。当然，如果碰不到，我就一个人待着，谁规定了非得恋爱非得结婚？

我经济独立、生活独立、人格独立，有工作、朋友、家人，我不需要谁来完整我的人生，因为我本身就是完整的。我只需要和另一个同样完整、美好的人分享人生。当然，这个要求非常高，但我不将就，因为我实在找不着任何需要将就的理由。

Miss 芸，希望你也一样。

扫码收听鲁小胖的回信

你参与这个世界的方式是什么？

我们每一个人都可以内向，也可以外向，但是不可以傲慢、冷漠、无礼、残忍。

小雨的来信

鲁豫姐你好，我叫小雨，今天我想跟您聊聊我的烦恼。我是一名大二的学生，性格很内向，也几乎没有朋友。所以从高中起我就特别喜欢读书，也愿意去读一些艰深晦涩的书，慢慢地我就变得很少与人交流。

读了很多书之后我就更加觉得与身边的同学格格不入了，跟他们在一起没有共同话题，甚至有时候觉得他们很俗。

所以我大多数时间都是孤身一人，一个人吃饭，一个人逛街，每次遇到组队做活动的时候我就会是落单的那一个。上台演讲之类的活动更是我最不想面对的事情，经常会为了要上台而紧张失眠一周之久。

我也尝试着加入社团或者跟其他人交心，却发现我好像跟他们不在一个频道上。我不知道怎么表达我的想法，感觉自己好像进入了一个恶性循环：看书——与朋友聊不来——被朋友疏远——接着看书。

可是这种情况总是让我很苦恼，我不知道是该怪我自己还是怪身边的朋友，所以想问问鲁豫姐，我该怎么跳出这种怪圈呢？

鲁小胖的回信

小雨的问题有关性格，我还挺感兴趣的。我是一个内向的人，除非和特别熟的朋友在一起，否则我一个人独处的时候会更自在。

我需要很多属于自己的时间，我在意隐私，和周围的世界打交道的时候我不太自如，但是我不认为我怪异。这个世界有不少人和我一样，小雨也是这一类人。

性格内向不是错，不需要去改正。当然，外向的性格显然会更吃香，但性格其实无所谓好和坏，因为每一种性格都是一把双刃剑，切忌被外界绑架。特别是现在，大家都推崇什么“女汉子”，如果我就是有颗玻璃心，我就是婉约纠结，我就是不够女汉子怎么了？如果我是个男人，我就是个细腻的男人又怎么了？人只能做自己，哪怕有时需要保持你的“怪异”。我们都只能够认识、接受自己，最好也喜欢自己。

小雨你的问题在于你认为内向不合群不好，所以你一定曾经试图亲近融入你的团队，而且肯定曾经试着改变自己。碰壁以后你才有所谓“我读书多”“他们都特别无聊”“我们谈不来”作为一种自我保护的壁垒。

你让我想起小学时候我们班里的一个女孩，我还记得她叫张欣，是一个特别安静、特别内向的女孩，几乎不说话。偶尔上课回答问题，也是声音小得要命，但是班里同学几乎都喜欢她。我记得我们课间同学聊天的时候，她从不参与不说话，就是坐在旁边，睁着大眼睛很专心地听，偶尔会低头笑。

我想善良、安静、耐心，就是她参与这个世界的方式，那就是她的存在感。我们每一个人都可以内向，也可以外向，但是不可以傲慢、冷漠、无礼、残忍。

我要特别对小雨说，你是不是读书人我不知道，但读书人的毛病你是有了。那就是，总得摆出和世界格格不入的样子。读书是必需的，但读书本身并没有什么了不起。因为读书只能够保证读书的那个人获得了某种信息、知识、观点，读书未必使人有见识、有品位、有独立思考的能力，读书也未必使我们成为更好的自己。

最后我想给大家推荐一篇我在TED看到的很棒的讲演，讲演者叫Susan Cain，讲演的主题就是“内向性格的竞争力”，我想把这一篇送给每一个安静、内向的人。我特别希望每一个人都能够接受他人、保持自我，并且找到和这个世界友好相处的方式。如果我们是“怪异”的那一小部分人，就继续保持我们的怪异吧。我怎么那么烦全世界都像打了鸡血似的，往所谓正确的人设上狂奔呢？什么女汉子、直、二、不装……我就丧、就细腻、就拧巴、无趣，怎么了？

扫码收听鲁小胖的回信

鸡汤有毒

你幸福不幸福，不取决于你身边围绕着多少人，而在于那群人当中，有没有一张笑脸是只属于你的。

沉的来信

鲁豫姐，我一直以来就有一个困惑。电视上热播的电视剧和那些女性书籍都反映出一个现象：高冷出色的男生都爱上了努力、刻苦、坚强、善良的傻白甜。可是，为什么在我的现实生活中，大部分男生喜欢的其实是那些很会玩、漂亮，又特别会撒娇的女生？

以前的我性格外向，虽然长相不算极品美女，但还是会有很多人喜欢。后来，我渐渐觉得这样聒噪的生活令人徒增苦恼，决定开始沉下心来看一些有点“鸡汤”的书。我真的很喜欢这种书，书中描述的对爱情执着的态度，我觉得对女孩的三观形成很有帮助啊。

然而有一天，我感觉自己虽然如愿成了那种淑女、好女孩儿，但是，另外一个更加严重的问题出现了，我发现自己变得不太会说话了，只会用文字表达自己，交际圈子大大缩小，已经很久没有认识新朋友了。在同学眼中我成了一个只会学习的女生、埋头读书的女孩儿。甚至，我认为自己有些无趣。

内心的矜持使得我不愿意在公开场合表露和展现自己。大家并不知道其实我是一个爱好丰富并且不断在提升自己内在的人！

书上说，内在修炼不是更重要吗？但是现在明摆着，大家其实都喜欢不那么深沉的话题，大家都喜欢不那么沉闷的女孩，而不是传统意义上的“好女孩儿”。

更加重要的是，在这场漫长的修炼中，我有点沉沦其中。我变得不喜欢主动联系别人，不喜欢和喜欢自己的人聊天，开始回避、拖延很多东西，包括爱情。渐渐地感觉自己不再需要感情，内心足够强大就能得到自我安慰了。

闺密说我是鸡汤深度中毒者。那我该怎么办啊！

鲁小胖的回信

大家好，抱歉抱歉，非常抱歉，今天上线肯定晚了一点，我们后台的小编们都已经快疯了。我先解释一下，因为我现在在台北，这两天一直在拍摄采访。我白天化妆，今天下午采访了蒋友柏，晚上我们整个团队必须要跟台北的朋友们吃一顿特别重要的饭。因为席间还有长辈，所以我不能够走太早，就一直扛到最后，刚刚赶回酒店，现在开始录，所以非常非常抱歉。

在说到今天的话题之前，还得先扯得远一点。那应该是几年前了，有一天杨澜给我打电话，说鲁豫你知不知道有这么一套书，有一本是你教别人如何智慧，还有一本是她教别人怎样幸福。她说这样显得咱俩多傻啊。她在考虑跟律师沟通要不要告他们，问我要不要一起也告这个出版社。我这个人特别懒也怕麻烦。我当时生气是因为，你写别的也就罢了，你写我教别人怎样智慧，好像显得我多聪明、别人都特傻，这本身就挺傻的。当然后来也就不了了之了，这本书我不知道后来卖得怎么样。

这其实也反映了我对于所谓鸡汤的看法。因为在生活中，真的汤我从来都不喝，我觉得我要大口吃肉，我不喜欢大口喝汤，我总觉得喝汤特别冤，你光长肉，吸收所谓的营养，一口干货都没有吃到，我才不要。而且我老觉得喝鸡汤是坐月子的人才干的事。所以真的，汤我不喝，所谓心灵鸡汤我也抗拒。但人是这样的，总会在某些时候，不经意地说一些所谓的金句，也会在某些内心软弱的时候需要一些别人的金句来鼓励自己。这都没关系，偶尔说一说、听一听，适可而止就行了，千万不要拿这个事来忽悠别人，或者被别人忽悠。“姑妄说之，姑妄听之”就可以了。

再说到今天的这个问题，你没说今年多大，我猜应该是二十多吧，反正成年人了，性格要再发生很大的改变不可能。下午我跟蒋友柏聊天还说，我忘了在哪篇文言文，看到一句话叫“我与我周旋久，宁作我”。我当时觉得特别有道理。我这一辈子到目前为止，跟我自己打交道时间是最长的。我的好或者不好，自己都特别清楚。我想了想，做自己其实也没那么糟。你幸福不幸福，不取决于你身边围绕着多少人，而在于那群人当中，有没有一张笑脸是只属于你的。当然作为一个女性，如果有人喜欢我，我会觉得高兴，作为女性的小小的虚荣心会得到满足，但那不是幸福。你千万不要尝试着把自己变成并不是你的样子。也许你未来的那个爱人就喜欢一个话很少的、很内秀的、很内敛的女孩呢？你不知道。当然人的确需要朋友，太孤僻的确不好，这点我也需要让自己再改变一下，因为我也是一个太安静、太内向的人。

还有一点，我们总容易被跟我们没有任何关系的问题所困扰。你问生活中大部分男孩都喜欢什么什么样的女孩，问题是大部分男孩跟你有什么关系？只要你喜欢的那个男孩喜欢你就够了。还有什么高冷的男生都喜欢傻白甜，这都是偶像剧在给你洗脑。女孩、女人，千万不要等待别人来拯救自己，你必须要先把自己做到你认为最好的那个你。你是独立的，哪怕你不是外向的，但你内心是乐观的、是热爱生活的。你只有先把自己变成这样的人，你才能等到一个值得你爱也爱你的男孩。别的人他爱干吗就干吗，你管呢。

扫码收听鲁小胖的回信

恋爱也好，工作也罢，女孩子别被这些套路牵着鼻子走

不要只做“正确”的事、说“正确”的话，要做你相信的正确的事、说你相信的正确的话。因为前者是为了迎合别人，后者才是忠于自己。

小梦的来信

鲁小胖，你好，我是小梦。我和男朋友是异地恋，高中走到一起。后来他入伍，我上大学，现在大三。随着深入了解，我发现他有很多地方让我头疼。他干预我的自由，不让我跟其他男性朋友接触。我们学院、社团总会有一些集体活动，他听说我和男生一起，尤其是晚上，就会大发脾气找碴儿教训我。晚上打电话时，如果我在外面有事不敢接电话，他更是变本加厉地怀疑、猜忌。他要求我穿裙子必须过膝，夏天不能穿吊带，不能穿薄透的衣服。我们这里夏天热成火炉，难道要穿热乎的大长裤吗？现在是异地，我

心想以后慢慢互相适应吧。结果去年夏天他放假来找我，看到我穿短裙，转头就怒了。我说穿着打底裤呢，他不听不理解，觉得我成心的。

我有个室友是日本华裔，生在日本长在国内，我平时和她走得近，常常在电话里跟男朋友提到她。我男朋友让我少跟她接触，他说加入日籍的华人都是忘祖的狗腿子。其实室友家是几代前过去的劳工，最近她妈妈子宫肌瘤住院治疗。我跟男朋友提到，他张嘴来一句“这种人活该”，我一下惊呆了！这是什么心理，我明白国仇家恨不能忘，但他这种偏激的心理让我惊诧和害怕！

我越来越怕他，他的很多原则像钢板一样硬。他又很爱我，对我时时处处很关心，要求我自律的同时自己也很自律。可他身上有种不近人情的东西让我畏惧。他是个好男人，将来也一定是个有担当的老公，可是我越来越无法跟他敞开心扉……

小胖，我和他一起走过的日子很长很难但很美好，可现在，我该如何继续维护这份让我生惧生厌的感情？

柠檬沙拉的来信

你好小胖，我是一家外企的中层领导，平时工作风格偏柔和，跟下属比较客气。上司说我太想要好人缘了，做领导就是要以一个统治阶级的姿态出现，职场里容不得宽厚的人。

职场如战场，女子要披挂上阵，需要做的事太多。要有武器，有方针，做任务，跟大家同仇敌忾。如何保持魅力值、做好轻熟女、干练有能力，又如何让战友欣赏、人缘尚佳，甚至有人愿意帮你挡枪……这真是个大大的难题。《欢乐颂》里安迪说过一句话，公司里只要两种女人：铁娘子，或者绝色花瓶。我难道就不能当个温和的女职场人吗？

这个社会对从业者是严苛的。干了很多活上司却不待见你，有个本事不大脾气不小的下属，同事争风吃醋不怀好意，客户跩得要飞起……一个女人，如何让领导重视、下属追随、同事欣赏、客户青睐、自己 happy，真是需要五项全能啊。

我记得小胖在一期节目里曾说，你在工作的这二十年里，心中也有很多的不确定，甚至也有觉得自己是 loser 的时候。可是小胖却一直做得很好，你有很多喜欢你的豫粉，你有喜欢你的同事，你有自己觉得有幸福感的生活方式，你看起来泰然处之。你是怎么做到的？

鲁小胖的回信

小梦，如果我的男朋友规定我不能和其他男性接触、不能穿短裙、不能穿吊带背心、最好不交非中国籍的朋友，我想我可以接受的前提是——我疯了一样地爱他，没有他我活不下去。可是我觉得我疯不成那个样子。

虽然我的朋友大多是闺密和gay密，我的裙子不太短，我的吊带背心几乎都用来打底，可是我的朋友们的确拿各种各样的护照。而且谁要堵住了我的选择权、对我的人生指手画脚，我的暴脾气就来了。

你说你的男朋友是个好男人、有担当，我相信。可是我希望自己爱一个好人，而不是仅仅因为他是一个好人就去爱他。Every Jack has his Jill,every pot has its lid（姻缘天注定）。据说老天给每个Jill准备了一个Jack，你得找到他，现在这个怎么看都不是。祝你能找到配你的那个锅盖。

柠檬沙拉问职场中怎样的女性受欢迎。这个问题男人绝对不会操心，因为职场对男人的标准就一个：get things done（把事做好）。而女性呢，除了能干还得要popular（受欢迎）。为什么？凭什么？职场又不是一个popularity contest（人气竞赛）。只要你够能干，人品还不错，自然会有上司器重、下属追随。你人见人爱最好，如果不是，又能怎样呢？很多时候，枷锁是别人做的，却是我们自己套在身上的。沙拉，你千万不要坠入这个套路。

至于你说我看起来好像一切都能搞定的样子，那是错觉。我其实不够自信，有些时候自我认知偏低。我按自己的意愿生活，但这并不意味着我不在意周围的眼睛。我想我心灵自由，但身上也套着一个纸枷锁。

这两天，马里兰大学那个女孩的讲演被骂死了。我不了解她和她的心理，但我从中得到了教训，那就是：不要只做“正确”的事、说“正确”的话，要做你相信的正确的事、说你相信的正确的话。因为前者是为了迎合别人，后者才是忠于自己。人生和职场差不多，你进取或者懈怠怎样都好，这是你的人生。反正人生也不是一场 popularity contest。

最近我在追美剧 *Suits*（《金装律师》），特别好看。那种不拖泥带水、不遮遮掩掩又极有分寸感的人生态度我特别欣赏。柠檬沙拉，你看看呗，会有启发。

扫码收听鲁小胖的回信

是什么让你丧失了回怼的能力？

这个世界不相信弱者和眼泪，我知道我不会是最强悍的那一个，所以我不会莽撞地反抗。但我希望自己柔韧、平和，不被折断；我希望自己可以学习、成长，变得更好。

粉红色辛迪的来信

鲁豫姐姐你好，我一直很喜欢你。我是一名高中生，因为生了一场病，需要吃含激素的药物，可激素的副作用让我变成了一个大胖子，整个人就像吹起来的气球一样迅速发胀。本来我就不漂亮，瘦瘦的，眼睛也小小的，现在一胖更加自卑。

当时我们班的男生给我起了个外号，名字太不雅就不说了。慢慢地这个外号就传开了。可让我真正“走红”的是我们班要举行文艺会演，我妈妈说我穿粉衣服比较显白，那天我高高兴兴地穿着新衣服去参加会演。

结果演出的时候因为一个动作，我的裙子被划烂了，在台上出了丑。本来想着已经够倒霉了，可没想到第二天，学校的贴吧中就出现了我穿粉衣服出丑的照片。看到贴吧的标题时我的手都在颤抖。

看完下面的评论，我简直惊呆了，全是不堪入目的话，现在回想起来我都会全身颤抖。我的好朋友看不下去，帮我回复了几句，结果他们也成为被围攻的对象。我不知道嘲笑我的人都是谁，他们为什么要这么说我。

现在我一想起这个事就会哭，不想去上学，我害怕路上碰到同学对我指指点点的样子，从此我都不敢再上贴吧。过段时间就要开学了，大家应该都把这件事忘了吧？可如果他们继续嘲笑我，我该怎么办，鲁豫姐姐？

鲁小胖的回信

粉红色辛迪的问题击中了我，虽然听起来很小儿科：同学之间起外号、开点不善意但也不算十恶不赦的玩笑、说点风凉话。如果说是校园霸凌的话会不会是上纲上线了呢？

可是，谁给了我们粗鄙的权利呢？我们凭什么出口伤人？如果口无遮拦被认为是一种美德，为什么脱口而出的偏偏是恶言恶语？

这两天我一直在怨恨自己太㞞。上个星期周末，久居海外的朋友回到北京，在一个日料店请吃饭。席间有医生、媒体人、商人，全都儒雅风趣，除了一个阴阳怪气的中年白胖男人（我对于其他中年白胖男人没有偏见，但这个人真是得罪我了），偏偏我就坐在了他旁边。很奇怪，从我一落座开始，他就话里话外针对我和我的节目，非常不友善。

我是个很怕让别人不高兴的人。朋友组的局，如果因为我的翻脸而扫兴收场的话，我肯定不能原谅自己。更可恶的是，我是个会说话的人啊，但我很多时候不想说、不敢说、不愿说、不能说。慢慢地，我好像已经丧失了回怼的能力。

当时我的脸色很不好看，但想了想只是说了一句："我得罪你了吗？"然后就不再理他。这位老兄后来又带了几个朋友过来敬酒，我就全程一直冷漠脸。

其中一个胖胖的生意人在热情邀我碰杯之后，认真地看着我说："你太瘦了，没有厌食症吧？"我本能地想把面前的茶或者生鱼片扔到他那张油腻的脸上，但我那该死的教养和性格，只是允许我铁青着面孔说了一句："无聊。"然后身边的朋友纷纷打起了圆场，我也不好不配合。

事后，一直到现在，我特别后悔。为什么我不能及时表达自己的愤怒、受伤？如果连一个人的正当权益、边界和尊严都不能捍卫的话，那所谓的得体、礼貌、教养有什么意义呢？

我是一个有话语权的成年人，在关键时刻没能保护自己。我在刹那间本能地做出了一个也许合理但欠缺血性的决定。因为我很怕自己逞一时口舌之快，而引发我控制不了的局面。比如，被黑。

生活中被嘲笑、被孤立，在网上被黑，这样的经历我们都有吧？

粉红色辛迪，我其实也没有更好的办法，我想你是未成年人，你受到的伤害也来自未成年人。

对于校园霸凌，我能想象的最好的预防机制如下，但也不一定有用，仅供参考：

1. 首先确保自己的安全。如果校园的环境让你有可能遭遇身体伤害，那我支持你不去上学。

2. 把真实的情况和感受告诉家长、老师，他们不可以缺席，不可以不作为。

3. 上学、放学、在校园里，始终和好朋友在一起，不要一个人单独行动。

4. 不要上网看那些让自己难过的东西，偶尔做个鸵鸟，不丢人。

5. 记住，任何时候都不要自暴自弃。

我真的觉得人的一生就是一个漫长的对抗霸凌的过程。我们绝大多数人，永远到不了生物链的最顶端，所以我们为了生存、事业、名利或者仅仅为了尊严，总要忍辱负重、委曲求全。

这个世界不相信弱者和眼泪，我知道我不会是最强悍的那一个，所以我不会莽撞地反抗。但我希望自己柔韧、平和、不被折断；我希望自己可以学习、成长、变得更好。

无论世界怎样，我对抗它的唯一方式就是，绝不允许生活把我内心潜伏的丑陋、恶毒带出来。不过，下一次，我希望我会骂回去，会把那杯茶泼到对方的脸上去，始终有理有力有节，但偶尔可以骂街，这是我对自己的要求。

粉红色辛迪，我们每一个人都有被别人嘲笑的把柄。你的胖、我的瘦，还有很多人的其他，我们也都有过不太善良地在背后八卦、评论别人的时候。

没办法，但我知道，我不刻薄，不伤害别人，我会保护自己。我要学习的是，如何更勇敢、更坦然、更“放肆”地生活。

粉红色辛迪，我希望你别沮丧、别害怕、别放弃。

最后，我特别严肃地呼唤粉红色辛迪的老师和家长，你们在哪儿？该介入要介入啊。

扫码收听鲁小胖的回信

生活不是做给别人看的行为艺术

爱情有时候需要死磕，而婚姻生活需要平衡妥协。

Honey 的来信

你好鲁小胖，我是一个谈过几次恋爱，经历过一些风雨，没以前那么单纯，却失去了对生活纯真美好的热情的，近三十岁女生。我身边有许多独立的优秀女性，但教育无法解决我们对爱情的困惑。

我想问你，对在知识和社会中进修到达一定程度的女性而言，爱情已和自身的补全无关，可以独立自主处理现实与内心恐惧，不需要来自外界的力量以慰藉软弱，对荷尔蒙上升所产生的盲目爱恋可以安然自观，对长久关系后的依赖可以平和以对，那么在爱情里，失去了所有不冷静不理智不客观的灼热的我们，还能期待什么？如果是对另一个独立灵魂的欣赏，怎样让它长久下去？

如果我们已经将生育推延甚至搁置一边，还有什么其他理由催促我们打开婚姻殿堂的门？

鲁小胖的回信

今天回答Honey的问题。“甲女丁男”的故事你听说过吗？就是把男女按事业、能力等分成甲乙丙丁若干类，按世俗的观念，男强女弱的婚姻相对稳定。

请注意，我没说幸福，我说的是稳定。所以甲男配乙女，乙男配丙女，以此类推，那最后剩下的是甲女、丁男。

问题是，如果你是甲女，你要丁男吗？千万别说“甲女丁男又怎样，真爱无敌”之类的话，要知道，两个差别巨大的个体意味着，你们俩聊天极有可能需要加注解，你们的三观非常有可能不一致，你们很可能无法长久地欣赏彼此。而这些无论对爱情对婚姻，都是刀刀致命的。

按你信里的描述，你应该也属于那种“独立于世的优秀女性”，问题是你要不要一辈子独立于世呢？独身的生活当然很自由，但谁要说她（他）不曾软弱、害怕、孤独到想随便找个人嫁了（娶了），那是胡扯。小时候想到Coco Chanel老了一个人住在丽思卡尔顿酒店套房，就觉得美艳、孤独、凄婉，让人心生羡慕。长大以后我才明白，我羡慕的是 Coco Chanel 穿的漂亮衣服、她的成功，当然也包括她很丰富的情史，我羡慕的不是她的孤独。

小时候我住在上海奶奶家。奶奶家的院子里有个小房间住了个孤老太太。她瘦瘦的，永远穿一身黑色的衣服，头发梳得一丝不乱，现在想来她样子挺酷的，但那会儿觉得她面容清瘦，目光深邃，好像鼻子还是勾勾的，看上去有点吓人。她的身世没人知道，想必是一本血泪史。我只记得，那么小的我，每次看她，除了有些害怕，竟然更多的是怜悯。所以独身并不都是自由浪漫的，如果能成为 Coco Chanel 我当然认了，可内心深处就怕成为那个黑衣老太。

我闺密的妈妈曾经用那种洞悉一切的语气说："女人啊，认命了，就幸福了。"这是一句貌似特别反动的话，可是，"too young, too naive（太年轻，太天真）"的我们，应该要听出其中的道理。她讲的是，我们要和生活"妥协"到一个彼此都能接受的平衡点。我接受她的理论，她说出了婚姻和生活的实质：爱情有时候需要死磕，而婚姻生活需要平衡妥协。

到什么山头唱什么歌吧。Honey，当你问我这些问题的时候，那证明你和生活还没有到"妥协"的时候，那就请你继续死磕；如果有一天累了，疲倦了，去寻找那个平衡点，也没什么。生活是你的，不是做给别人看的行为艺术。

扫码收听鲁小胖的回信

我享受独身，注定将来就老无所依？

自食其力弥足珍贵。如果我的信用卡是主卡，而不是附属卡，当我看着你，我看见的就是你，而不是一张长期饭票，不是将就的陪伴。

小多的来信

鲁豫姐您好，就叫我小多吧。我今年三十岁了，在北京有房有车，在事业上取得还不错的成绩。我是家中的独生女，爸妈也都接受过高等教育，从小他们就培养我独立自主的性格，凡事不依靠别人。可能因为家庭的传统，渐渐地我就变成了不爱社交、不懂世故的女生。

一直以来，我很小心翼翼地保护自己的精神世界，在经济上和精神上都相对独立，也有一群志同道合的好朋友。身边的一些女生对爱情的纠结也让我立定心志保持独立的人格，不让异性成为人生的绊脚石，因此我也早早做好当“剩女”的准备。可是我的父母却对我这种对婚姻没有任何渴望、对交往没什么兴趣的态度担忧。

说实话，我对感情生活没太大需求，我妈说那是因为你现在正年轻，你什么都有了，你不觉得孤单，不觉得需要另一半，等到年老时，谁来陪伴你?

事实上，我的心也动摇过：如今父母健在，我事业上很顺利，可是当年老时，我的精神食粮是否依旧可以喂养我的灵魂？我目前对感情的态度，会导致将来无所依靠吗?

鲁小胖的回信

今天回答小多的问题。先强调一点，我不宣扬独身主义，我觉得相爱真好，有伴真好，能和爱人拍婚纱照、走红毯、领证、生孩子真好。我抗拒的是为了父母结婚，抗拒因为到了年纪该结婚不结婚的话老要去相亲、压力很大很麻烦而结婚，我抗拒为了别人结婚。

小多，我得使劲表扬你和你父母，“85后”的年轻女性能底气十足地说“我精神、人格、经济都独立”真的很牛。我一直相信 Beggars can not be choosers ，意思就是说要饭的就不能挑三拣四了，话不好听，但道理对。你拥有了选择权，才不用退而求其次。对于女性而言，自食其力弥足珍贵。如果我的信用卡是主卡，而不是附属卡，当我看着你，我看见的就是你，而不是一张长期饭票，不是将就的陪伴。

对我而言，一个人的日子，有时不好过，但好过两个人凑合的日子。当然，一个人生活孤独终老，听起来有点可怕，我也害怕。可是，谁又能保证谁的未来呢？谁又一定会陪伴谁走完一生呢？如果你和我一样，是个悲观又不妥协的人，那么你要做好准备，这一生你要做自己的爱人，做自己的兄长、姐妹、父母、孩子，这并不凄惨。因为一生中我们总会花最多的时间和自己相处。没有爱人，就只有先爱自己，爱一个人的生活。

可是，也千万不要被孤独夺走了爱的能力和渴望。因为比起受伤，苍白的人生更可怕。爱情婚姻的确是束缚，碰见了值得的人，我心甘情愿。否则，我宁可拥有心灵的自由。真的，如果一个人，我会好好过；如果两个人，我们好好过。

扫码收听鲁小胖的回信

PART 2

迈出第一步，人生就有可能豁然开朗

离开父母，我们究竟会变成什么样子

我拥有决定人生的自由，于是我承担责任和一切后果，这就是人生——不残酷、很公平。

瑶瑶的来信

鲁小胖，你好，我叫瑶瑶。在我二十四年的生活中，我一直很任性，当初该学习的年纪，我玩乐，玩乐的结果就是荒废学业。中专毕业后，我的生活又来了一次翻天覆地的变化，我把生活过得一团糟，然后回家，在父母身边一待就是五年。这五年我谈了两段恋爱，每次都是当面对家人朋友说“你们在一起那么久了，该结婚了吧”的时候，我这才觉得应该认真地考虑下我们的感情。

特别是最近这段，我当初一直以为他就是那个可以陪伴我一辈子的人。因为遇到他，我放弃父母身边的安逸，跟他漂泊，生活中也只剩下他。我以为我们会结婚，可是在遇到一个老朋友后，我突然想出去走走看看，然后一切都变了。在走走看看的一路上发现，原来那不是我要的爱情，太束缚了，我想要自由，所以我选择了分开，又回到了父母身边。

然后我突然发现我不懂爱情了，我也不相信爱情了，麻木了。我告诉自己可以调整，慢慢来，我还年轻，会遇到最适合自己的那个。我想工作，看看自己会做到多好，可是我发现自己又迷茫了。家人原本支持我的爱好，让我尝试，但当我鼓起勇气的时候他们却说我是冲动，然后我又耽搁下来了。

现在我不知道该怎样面对一切，我不知道到底该怎么走。我天天跟父母在一起。什么都没有的我，随时在提醒自己，我把自己的青春浪费掉太多，但是感觉迈开新的一步好难啊。鲁豫姐你能给我些建议吗？

鲁小胖的回信

瑶瑶，今天这番话你爸妈七八年前就该对你说，没说是他们的问题。我十八岁那年，我爸跟我进行了人生中我俩唯一一次严肃的对话，当时搞得我很不习惯。他说："从今天开始，你的人生你可以自己做主。除非你来征求我的意见，否则我绝对不会干预。"

我爸真是这么做的。从十八岁到现在的人生，真的每一步都是我的选择。

不知道我真的是有主见还仅仅是因为倔，我也从来没有征求过他的意见。当然我犯了很多错，干了不少傻事，现在回想起来偶尔也希望我爸能像别的家长一样，多管管自己的孩子。但我还是挺骄傲的，没什么可抱怨。我拥有决定人生的自由，于是我承担责任和一切后果，这就是人生——不残酷、很公平。

可是瑶瑶你啊，这二十四年你只负责任性，你从不负责。当然学生时代的账我们可以一笔勾销，那个时候没成年，再荒唐都可以既往不咎。即便现在成年了，在父母身边生活当然可以，但不工作、啃老，绝对不可以。即便你爸你妈是王健林、英国女王都不行。一个经济上不独立的人精神上很难独立。

追求梦想，我双手赞成，但是谁也无权要求别人为自己的梦想买单，哪怕那个别人是你的父母。所以不要怪你的父母不相信你。他们是你父母,可他们不欠你的。至于你说不知道未来会怎样、下一步该怎么走，其实很简单，你往前走一步，往任何方向走一步，你就不是在原地踏步了。

二十四岁，来得及。

其实任何时候，都不晚。

扫码收听鲁小胖的回信

最可悲的人生不是多么艰辛，而是一片空白

我们需要不断地提醒自己，没有一匹白马会驮着个人来拯救我们，只有自己，才是自己的救世主。

菲菲的信

鲁豫姐好，我是菲菲，我很喜欢你。记得你说过："对一个在北京工作的青年来说，三十岁才刚刚开始。"对我来说，这是特别有力量的一句话，谢谢您。

我即将步入三十岁，现在依然单身，恋爱没有经验，曾经有过短暂的异地恋，但是我们没有见过面，后来就不了了之。我是传统的感性派，认为爱情里的男主起初应该主动，而我的性格是慢热的被动。相过几次亲，特别排斥，希望自己可以遇见，所以告诉自己要等待……

我的工作是枯燥地跟数字打交道。我的性格内外向兼有，与人相处愉悦，唯独碰到爱情时特别小心翼翼，情商好低。平常大大咧咧女汉子般独立惯了，不懂如何面对男女两人独处。性格直来直往孩子气，喜欢文艺清新范儿。

如果告诉自己我等的人还在来的路上，我想我可以继续，但是现在我纠结了，究竟是我的方式不对，还是我本身性格的问题？我的圈子不大，独处的时候偶尔下下厨，烘焙糕点，练练瑜伽，告诉自己要爱自己，提升自己。然而一年又过去了，工作还是一般，爱情还是空白，我开始迷茫了，是我对自己认识得不够吗？

如果婚姻没有爱，我宁可一个人单着。寻寻觅觅，我只想找一个可以温暖心底的人，一个有安全感的怀抱……在二线城市的我三十岁也可以开始吗？

鲁小胖的回信

菲菲你的信看得我特别糊涂，糊涂一：就是一开始我以为你是在北京，看到最后才知道你是在某个二线城市；糊涂二：是关于你的性格，因为你的描述几乎涵盖了一个女人性格当中所有的可能性，而且，最要命的是，貌似充满了自我批评。其实你列举了一系列时下政治上最正确的对于女性的要求，什么情商低、女汉子。

我特别烦这些说法，我的情商不低，我也不是女汉子，那怎么了？当然关于这一点今天我们不纠缠，我以后再找机会吐槽。

菲菲你的问题其实是每一个女人，我给自己留个余地吧，是绝大多数单身女性都会有的毛病，那就是我们貌似特别沮丧、很自卑，说什么我不年轻了，我长得不够漂亮，我性格不够温柔，那谁会爱我呢？心里面想的却是不甘！我差哪儿了？你们都瞎了眼吗？这就是你的潜台词！

我其实越来越明白一点，爱情不是必需品，它是稀缺品，是奢侈品！

它不是柴米油盐，你随时去超市它都成堆成堆地在那儿等你。它很像是那款限量版的、很昂贵的皮包。这个例子举得很物质，但我觉得挺恰当的。你不在店外排队，你运气不够好，你就是抢不到！当然没有那个包我肯定不会死，可是，像我这个“物质”的人，有了那个包，我会变得非常开心。

每一个女人这一生内心多多少少都会有一点点王子情结，盼着那匹白马、那个骑士。但是我们需要不断提醒自己，没有一匹白马会驮着个人来拯救我们，只有自己，才是自己的救世主。

而且，就算你的那匹马、那个王子，在三环四环五环转啊转，终于转到了你家小区，那拜托，你至少要在小区门口等他吧，要知道有的时候连快递都不愿意上楼。那你别期待那匹马会驮着个人挨家挨户找你，然后再把水晶鞋特别虔诚地充满爱意地套到你的脚上，那样的事情，真的不会发生。

你可以不恋爱，可以不结婚，可以一个人怡然自得地过着你的小日子。但是，既然你想恋爱，你就要摆出诚意来，该相亲你就去相亲啊！

烤蛋糕、练瑜伽真的听起来很美，可是如果你想恋爱的话，你就要参加一点有异性参与的活动。整天待在家里自怨自怜，甚至孤芳自赏的话，我没什么力气同情你。

三十岁的人生应该已经是爱过、笑过、哭过、经历过了，一张白纸的人生，真的，那不是纯洁，那是无趣，是可惜。

比如说张爱玲，她是我最爱的作家之一，晚年过着一种常人很难想象、很难理解的、极端的、独处的生活。在我看来，我无法感同身受，可是我可以理解，因为我知道她曾经经历过一切。

等到你四十岁的时候，你再给我来一封信，到时候我希望你告诉我满满的人生。哪怕这个过程当中你碰到了一两个人渣，也好过人生留白。

现在天也开始暖和了，那你打扮得好看一点出门，碰到哪个男生顺眼的话，你就把他逼到墙角留个微信，迈出第一步，人生就有可能豁然开朗！

我其实没有那么勇敢，但是我鼓励你们都勇敢起来！

扫码收听鲁小胖的回信

在大城市辛苦谋生，还是回老家安稳一生

无所谓哪种人生更好，因为每一种人生的背面都有不为人知的辛酸，关键是按自己的意愿生活，你就找不到怪别人的理由了。

万万的来信

鲁豫姐你好。

一直很喜欢你，很想像你一样价值观清晰而坚定。我是一名大四学生，现在面临一些选择，有些茫然不知所措。自己内心很想去外面闯闯，这个年纪不去磨砺自己，感觉将来必定会后悔。可是家里人觉得女孩子要有份稳定的工作才称得上体面和幸福。

可是所谓的体面是什么？幸福难道不是做自己想做的事吗？

他们总说找份好工作，离家近点，结婚后照顾好家里就可以，逼着我考公务员、考教师资格证。二十多年来我一直都不反抗他

们对我的安排，包括去哪儿上大学和选择什么专业。可是这一次，我反抗了。我找了一份北京的实习工作，钱很少，但我喜欢。虽然辛苦，可我很期待。家里人很不开心，尤其是妈妈很生气。

我不知该怎么办。这段时间我甚至都不敢打电话回家，害怕因为没有成就而被骂。鲁豫姐，我常常感觉父母虽然爱我，但把我当作一个能给他们老有所依的依靠。工作好一点，离家近一点，嫁得好一点，方方面面都“最佳”，安稳地照顾自己还有他们就好。

他们为什么不考虑一下，我想要什么样的人生？我想要过得精彩和不留遗憾啊。是我自私还是他们自私？

小胖的回信

我小学考初中、中考、高考，都是自己决定了所有的报考学校，填好了志愿表之后才知会了我的父母。我爸妈早就习惯了我自说自话主意大，他们就让我按照自己的性子来。我爸只是对我的高考志愿表达了担心，而且语气完全是商量式的。

当时我的成绩其实没有那么好，但不知道是因为迷信还是哪儿来的勇气，我只填了两所一类大学，就是后来我的母校北京广播学院和上海的华东师范大学，其他的全部空缺。我就觉得如果我再填第三、第四、第五志愿甚至大专，那我一定考不上广院了。

最后，与其说是我爸说服了我，不如说是我自己清醒了一些，怕万一没考好真没学上，于是勉为其难地填满了所有学校。

一路升学、工作、恋爱、生活，我人生的每一个选择都是我自己的决定。

万万，我跟你说这些话，不是在炫耀做一个独立自强的女性有多牛，因为做一个独立女性实在是太累了。我也常常会好奇，被人养——请大家听好了是被人养不是被人包养——被人养被人照顾被人安排了生活的一切是一种什么样的感受。

偶尔在我觉得脆弱无助的时候，我会羡慕没那么独立的人，可是在绝大多数的时候，我仍然会选择我现在的生活方式：独立、自由，但是辛苦，甚至艰难、孤独。

万万，你以为独立是件好玩的事吗？对于一个从小已经习惯了被大人安排好一切的你来说，人生从二十二岁或者二十三岁开始自己主宰，我要把可能会出现的所有最惨烈的情况告诉你，然后你做决定。

你在北京实习、工作、租房子、挤地铁，每月的工资不一定能保证你过上有尊严的生活，当生存成了当务之急，远大前程似乎会渐行渐远。还有那个叫作爱情的鬼，身边的人都能撞上，只有自己可能连鬼都嫌弃。

最终，你追求梦想、独立，会变成在大城市勉强谋生而已，而你的年纪会瞬间从二十岁变成三十岁。那些还在老家生活，听父母安排的同学可能早就是孩儿他妈孩儿他爸了——那你呢，很可能还是个大龄单身女青年。

所以，亲爱的万万，把这些最倒霉但是很常见的人生剧情你在脑子里先过一遍，然后你问问自己，这样的结局你是否可以承担。

我最受不了的就是只想要自由，但是不承担自由的恶果的人。这一点，我可以理直气壮地说，我是言行一致的。我拥有自由独立的人生，也吞下了所有由此带来的痛苦、恶果。

二十二岁之前，父母承担我的生活，他们其实有权利指手画脚的。二十二岁开始，我花的每一分钱都是自己挣的——经济独立，才有资格谈独立的人生。

万万，如果你现在在北京租房、生活还需要父母来资助的话，那你可能没有权利抱怨你父母在干涉你的生活，更没有资格说他们的爱多少有些自私。

其实，无所谓哪种人生更好，因为每一种人生的背面都有不为人知的辛酸，关键是按自己的意愿生活，你就找不到怪别人的理由了。

人生，与其后悔，不如辛苦。所以我选择独立。

万万，如果你和我一样，我支持你和北京死磕。如果你选择听父母的话回家过安稳的生活，也不失为人生的另一种可能性。总之，没有人比你更了解自己，和自己对话，再做出决定。

祝你，也祝大家都能够按自己的意愿生活、有勇气按自己的意愿生活，尽可能不后悔。

扫码收听鲁小胖的回信

谁说双子善变？超长续航倒是真的

关于梦想啊坚持啊也一样，你自己会知道。如果你问我要不要放弃，那就是还有不甘，还能扛得住，那就不妨再坚持一下。

木木的来信

鲁豫姐好，我是木木，毕业即将满三年，在上海工作两年，做 UI 设计。来上海这两年，我自问是拼尽全力，从刚开始实习不到两千块工资，熬了五个月转正。负资产一万，我没有灰心，跟着师父加班加点地学习，跟着做项目、测试、修正，一点点积累经验，被骂什么的都无所谓。我知道自己在学校里那点底子不值一提，要学到真本事，就要先把头低下来。

可是两年时间转眼而过，我看着其他同行、一起毕业的同学，他们开始在业务上独当一面，变得抢手，变成高手，而我并没有偷懒，可师父说，我现在只算“能用”的人。他的原话是：老天爷不赏饭，你着急也没用。

我在“时间管理法”中看过一句话：当你在一件事情上投入超过一万小时，会开始发生质变。

鲁豫姐，我很困惑，我知道人与人在智力上是有差异的，我明白每个人都有适合自己的职业方向，我喜欢我的职业，我的梦想是成为一名很棒的界面设计师。可是现在，我不确定自己适不适合，如果一味坚持下去，如果别人用一年得到的成长我两年都达不到，我会不会是在浪费时间？究竟努力到什么程度就可以宣告梦想破灭了？

鲁豫姐，你在职业生涯中有过自我怀疑、价值迷失的时候吗？是什么让你确认该放弃还是再咬咬牙？

小胖的回信

这两天我想剁手，因为认识了一个特别靠谱的巴黎 personal shopper（私人买手），不是代购啊，比代购高级。任何好看的衣服、难找的品牌，她都能拿到现货，只有 VVVVIP 才有的大牌折扣她也有。

我买衣服很难，可是每一次她都能神奇地抢到那唯一一件小码给我。于是自从认识她，加了她的微信以后，临睡前、早起后，我就像是在每日优鲜下单买水果一样，轻松地买买买。因为太方便了，所以太吓人了。

半个月前，在我家干了好几年的阿姨因为身体原因回老家了，我慌了好几天，比失恋还沮丧。所幸，新来的女孩也不错，我的生活终于回到了正轨。

关于这两个例子，政治最正确最积极的解读应该是，三百六十行，行行出状元，平凡工作也有意义，只要你做得够牛，别人就离不开你，你就是不可替代的。

可是我只想到了一句俗话：只见贼吃肉，没见贼挨揍。话粗理不粗。对于巴黎女孩儿来说，每个买家包括我，她都要应付，不管喜欢不喜欢都不能太任性。而我家阿姨呢，她对我再重要，离开她我的世界不会塌，失恋都没死人，失个阿姨我难道会死吗？我一定能够找到比她更好，至少和她一样好的阿姨，所以这个世上没有无缘无故的爱，没有不需要钱的馅饼，更没有谁是不可以被取代的。

我上网搜了搜，才知道木木说的UI是什么，其实也还是没搞懂，估计就是那种听起来高大上但其实也挺苦命的工作。每个人在起步阶段，吃苦、受委屈我觉得天经地义，你不要跟我讲公平，为什么别人可以是富二代可以年少成名。公平是相对的，别人和自己无关。而梦想，和爱情一样，是人人向往但不是每个人都能拥有的。只有少数人这一生需要爱情和梦想，绝大多数人慢慢地就和自己和生活妥协了。没有爱情，没有梦想，也能够平静甚至兴高采烈地生活着，这其实并不可悲，甚至会让人有些羡慕。

木木问我是不是会困惑、自我怀疑。我经常困惑，越来越自我怀疑，我觉得电视不是人们不可或缺的，我随时可以消失，没有人会在意。我之所以一直都在，好像一直坚持着，不是因为别人离不开我，而是因为我不知道怎样放弃，我没有放弃过，我不会。对我来说，放弃比坚持痛苦多了。

就像我爱一个人，就算他不爱我，我仍然会长久地默默地爱他，这当然一点用都没有，甚至属于自残，绝对活该。可我还是会继续爱，因为不爱了比爱而无望更痛苦。不爱了意味着忘记，意味着你要删除自己的一大段人生，我舍不得。我知道我拧巴，你们就别理我。

工作、事业、梦想，对我而言是一样的，如果放弃总会有些不甘，于是就这么一直扛下来了。当然我运气还不错，资质也还凑合。

我想对木木说，绝大多数人其实并不清楚自己的梦想是什么，我们只是不甘心而已。

我的一个女朋友正在纠结要不要孩子。我对她说，真想要孩子你自己会知道的，如果你还在犹豫要不要，那就是不想要，不该要。

关于梦想啊坚持啊也一样，你自己会知道。如果你问我要不要放弃，那就是还有不甘，还能扛得住，那就不妨再坚持一下。

看自己的朋友圈，翻到 2014 年 8 月 17 日写的一段文字：

时间大概如此：电视从 1993 年开始，二十一年。凤凰从

1996 年开始，十八年。《鲁豫有约》从 2001 年开始，十三年。能量公司从 2004 年开始，十年。谁说双子善变？超长续航倒是真的，反正坚持是有意义的！爱情，事业，不信你就坚（hào）持（zhe）。

如今在这些数字上都得再加上三年吧，我特么是挺牛的。Pardon my French（原谅我说脏话了）。

扫码收听鲁小胖的回信

生活是自己的，别被烂人扫了兴

连我这么悲观的人都会相信触底反弹、否极泰来这回事，相信命要认，但运可以转。什么一步错不得，别打烂好牌，这话一听我就冒火，谁的一生不是从一个又一个错误中挣扎求生走出来的。

烁心的来信

小胖你好。上周三听到你说“跟生活妥协了也没什么可耻的”，心里被撞了一下——跟你一样，我也还在死磕。

我选择把孩子生下来，那不堪回首的日子，一个人怀孕一个人生孩子，一个人逃到大城市过了整整两年。熬过去了，但现在身体严重不健康。未婚妈妈无法让农村的父母接受，重新工作又没人帮忙带孩子。我要活下去，孩子也要活下去，万般无奈，孩子跟了她父亲，幸运的是他们很疼孩子。

今年我也来到大城市工作，试着交往了一个男人，离异的。我平时常常看孩子照片给孩子买东西，不想隐瞒过去的一切，对新男友悉数告知，但绝望的是，只要他心情不好就拿我的过往冷嘲热讽。这个月同他分开了，心特别累！

这几天我心里无数次挣扎，究竟是要回孩子继续做一个未婚妈妈，一个人拿着微薄的工资租房带大孩子，继续对外虚伪地说“我已经结婚了”，还是彻底不打扰孩子，让她跟着父亲，根本不知道我这个妈妈的存在？孩子是我用命换来的啊！无法放手，心里每一分每一秒都对那个小生命牵肠挂肚。

他们现在不让我见孩子，言语攻击我。为了生孩子我已经身败名裂，一无所有，是不是该放下孩子、放下过去、继续相亲，隐瞒过去的一切开始新情感、新生活？对于婚姻，我相信不结婚也可以幸福，可我逃不开舆论，躲不过岁月，还有答应父母一定会结婚，生怕从小城传来我过去的事情。我终究是个俗人，骨子里的传统让自己患得患失。我以为自己很强大，但面对现实却感到迷茫、害怕。

到底该怎么选择？何去何从？是不是今天的一切都是我活该？

小胖的回信

Barbara Walters 在 1976 年从 NBC 跳槽到 ABC，拿到史无前

例的天价年薪合约，可那是她人生最糟糕的一年。很多人接受不了男性俱乐部里突然出现女人，各种质疑、批评几乎压垮了她。

有一天她接到一封电报，上面就写了一句话：Don't let the bastards get you down（别被那些混蛋搞得心灰意冷）。署名 John Wayne。

这两天我老想起这句话。上个礼拜在上海参加环球小姐中国区总决赛，我和王思聪坐在一起当评委。比赛是晚宴式的，一边比赛一边上菜。小王吃完了头盘，看了看我一口都没动的盘子，问我："我快饿死了，你不吃吗？"

我说我是吃饱了来的，因为这种场合我没法放松，没法吃，那么多人盯着。他说我没事，你看你的，我吃我的。

我特别羡慕 John Wayne，特别羡慕小王。可惜，我们绝大多数人都是瞻前顾后的，因为我们有太多的 fear——恐惧，害怕。

烁心，你的问题是一大堆的：在大城市谋生、一个人生下孩子、努力寻找靠谱的另一半、努力让自己理直气壮地生活。首先，忍不住要纠正一个说法，单身母亲这个词比较客观，未婚先孕就透出敌意和歧视了。我不想结婚或者找不到人结婚，我就不能有孩子吗？

但是这事我们今天不聊。烁心，你需要直面自己的 fear，你害怕在大城市活不下去，害怕失去孩子，害怕未来，害怕周围人的指指点点。

首先，未来会怎么样我们都不知道，这事儿是无解的，所以担心也没有用，生存下来再说。无论在异乡还是故乡，打工赚钱养活自己理所应当，这个道理不用多讲。

而关于孩子的问题，我觉得我特别没有发言权，但是我听说孩子最需要的是 security 和 routine，就是安全感和有规律的生活。如果你暂时给不了他这些，只能让孩子的父亲来抚养他。这很残酷，但我看不到更好的办法。

孩子很无辜。没有温暖、完整的原生家庭已经够糟的了，至少给他一个稳定的生活，这是你们的责任。你所有的问题里只有一个你可以克服，就是来自于别人给你的压力。我是不太明白民风淳朴的小城市的人情世故，我就明白一点，如果你挣脱不了的话，你不回去不就完了吗？至于那些邪恶的、吃饱了撑的人，我只能鼓励你：Don't let the bastards get you down。

很多年前看一部琼瑶剧，里面有一句台词听得我心惊肉跳。女主角的妈妈对女主角说：女孩子啊，这一生都错不得，一步错步步错。媒体也常常会嘲讽谁把一手好牌打烂，也是这个意思。可是，连我这么悲观的人都相信触底反弹、否极泰来，相信命要认，但运可以转。什么一步错不得，别打烂好牌，这话一听我就冒火，谁的一生不是从一个又一个错误中挣扎求生走出来的。

烁心，我想多半你会羡慕我的生活，所以我要是再诉苦的话会显得很矫情。可是，我觉得我的 fear 只会比你多不会比你少，于是我也常常需要自己对自己说：Don't let the bastards get you down。

扫码收听詹小胖的回信

新的一年，你应该抡圆了生活

人性的脆弱、复杂会让情感不堪一击，因为所有的情感都不是板上钉钉的，都需要运气和努力，哪怕是看似理所应当的血脉亲情。

秋荔的来信

小胖，你好。马上要过年了，人人都在忙着买礼物、回家、团聚，而我还没买票。

今年再不回家的话，这就是我第五个不回家的春节了。不是因为工作忙、路远，也不是因为没钱，是家里那个闷头猛抽烟的男人——我的父亲，一个从来不会笑的人。他身上那种无声的压力和冷漠，让我待在那个家的每一分每一秒都感觉窒息。

我跟他一年说的话，不会比我跟同事一天说得多。

农历腊月二十七，一周之后，是我的生日，但是我的朋友们没人知道。我骗他们说我生在大年夜，其实不是。我今年二十六岁，二十六年来我从来不过生日，因为这一天是我两位最亲的亲人的忌日！一位是我妈妈，一个大美女，人人都说我跟她长得像，可我只在照片里见过她。另一位是我弟弟，他只在这个世界上活了十几分钟，连一声哭声都没发出过。

1990年腊月二十七，二十六年前我出生的那天，我妈在手术台上挣扎了几个小时后精疲力竭。医生说她羊水栓塞，撑不住了。我孪生弟弟被剖腹产生下来送去急救。到最后，母子三人只有我活了下来！我奶奶说爸爸昏过去两次，休克，样子非常可怕。他醒来后，不抱我，连看都不看。

我从小体质差，黄疸、肺炎都得过，在暖箱里待了很久。奶奶说我像一只病老鼠，从小病恹恹的没精神。姑姑们说我命硬，我长大后才明白她们口中的命硬，是会把亲人克死的意思。

如果可以选，我宁可从没出生，让我妈、我弟弟他们活下来，或者我跟他们一起死了也好！从我生下来，我就被唯一的亲人漠视。所有谈起我妈和死去的弟弟的人都摇头叹息，在我面前叹气，好像我是带了两条命活下来的。没有人想过这是我能决定的吗！

从小到大，爸爸只是给钱让奶奶养大我，他连高中毕业必须到场的家长会都不去。我极少极少跟他单独接触，他很少说话，从来不笑，每次见面我都感觉他又老了很多，因为每次见他都隔了小半年。我上学的时候他出去打工，我工作了见面更少。我一年回家两次，住在奶奶家，他来看看，有时候连顿饭都不吃。

大二那年我得了肺炎，自己一个人在医院里打吊针，给奶奶打了很多电话没人接，最后打给他。我紧张得要命，那是我第一次对他哭。我在电话里什么话也说不出来，真的哭了很久，各种情绪混杂在一起，可直到最后，他也没有说一句安慰的话，哪怕是告诉我不要害怕。他给我打了钱，就像小时候把钱给奶奶一样，好像钱能解决一切问题，可能我是生是死都跟他无关吧。

看起来不能理解？呵呵，我生在一个重男轻女的家族里。我爷爷没给他的女儿们留任何遗产，我是这个家族里最小的女孩，是我爸唯一的孩子，是个女儿。我活下来了，他的儿子和妻子走了。所以，都能理解了。

对不起，小胖，我的故事有点负向，希望没影响你的心情。我不知道要不要回家，每年年底都会犹豫。奶奶几年前就开始轮流在儿女家过年，我回去只能去找他。他老了，快六十岁的人了，得了风湿病。我也想给他买东西，像我的同事们那样，从网上买大包小包的东西寄回家，可他会给回应吗？我甚至怀疑他会要吗？

想起他那种状态，冷淡到死，我想想都怕。小胖，我也想家，可我真的不知道怎么办。

一〇

小裴的来信

鲁豫姐，我是一个“90后”女孩。三岁时一场大火改变了我的一生，我死里逃生，却留下永久的残疾。

对一个女孩而言，烧伤带来的残疾是贯穿终身的烦恼。六年前，我有幸遇到了一个不在乎我残缺的男孩子，他对我很好，我们的感情稳定而细腻。因为认识了他，我对生活重抱希望。我在上学他在上班，他虽不会说什么甜言蜜语，但只要逢年过节，他就会偷偷给我买一束花，会在我生日时偷偷给我买礼物，不昂贵，却用心；不精致，却温暖。

他是个温柔的人，小心保护着我因残疾而异常敏感和自卑的一颗心。走在街上，他故意无视路人对我异样的目光。他不会给我承诺，他说，说再多做不到又有什么用？但只要他能为我做到的，我不说他都会去做。自我们认识，从没变过。

可是，我们却怎么也没办法在一起，因为他家人一直不同意。的确，我是一个残疾人，我能理解他家里人的担忧和不满，可是我也想和自己爱的人在一起。我一直努力着和别人一样，我会做饭会洗衣服，会自己扎头发，她们会的我都会，可我却不能像她们一样和自己爱的人在一起。

曾经，他被家人打得流血，全家人求他放弃，可他说他做不到。他常说我做梦都想娶你，他常说一边是我最爱的人，一边是家人，怎么选择都是痛苦的。为了不让他为难，我们也曾试过几次放弃，可是不行。人都是有感情的，六年相守，彼此依赖，我们离不开对方。

今年 10 月，我来到他上班的城市，每天和他一起上班下班，回去给他做饭洗衣服，那是我最快乐的日子。后来我发现自己怀孕了，我们都想把宝宝生下来，可他家人逼着我打掉了，那之后也把他带走了。我走之前，给叔叔（他的父亲）买了袄，因为知道他们要回家，而家里已经很冷。我爱他，所以也爱他的家人，我不恨他们，我理解他们对儿子婚姻的企盼。

可是，我也就想简简单单地和自己爱的人在一起。我身体残缺，但心智和灵魂都是健全的，也并不影响正常生活。鲁豫姐，假如我们两个一起逃离家庭的束缚，执意去过想要的生活，他会快乐吗？一段时间之后，他会后悔吗？不被祝福的爱情会有永久的幸福吗？

小胖的回信

2016 年底，Debbie Reynolds 和 Carrie Fisher 母女俩相继离世，前后仅隔了一天的时间。关于她俩的娱乐八卦，请大家自己去百度，我就不重复了，但她们各自的代表作 *Singin' in the Rain*（《雨中曲》）*Star Wars*（《星球大战》）*When Harry met Sally*（《当哈利遇到莎莉》），还有以她俩为原型的 *Postcards from the Edge*（《岁月星尘》）都可以抽空再看看。

母女俩最终葬在了一起，据说有一部分骨灰还特意混在了一块儿。人生最后的几年，她们的确是母女情深，可是曾经有十年，两个人断绝了往来。Carrie 说，她从小就痛恨生活在 Debbie 的光环下。Debbie 也说，她不烤饼干，不接送孩子上学放学，她喜欢舞台。

我曾经非常不理解，父子、母女、亲人之间怎么会形同陌路，甚至反目成仇？现在有点明白了，人性的脆弱、复杂会让情感不堪一击，因为所有的情感都不是板上钉钉的，都需要运气和努力，哪怕是看似理所应当的血脉亲情。

很同情秋荔的遭遇，但是我没法儿鼓励你，因为我是个悲观的人。我觉得好的情感都有可能变糟，而已经糟透了的情感变好几乎没什么可能。

但我要告诉你的是：你爸不是坏人，他不渣，他只是没了爱的力气和能力。

他失去妻子、儿子的那天就已经死了一半，剩下的一半只够他自己勉强地活下去。他是一个被悲伤完全击垮、根本无法复原的男人。你不能奢望一个心如死灰的人来爱你。

或者，在他心里，对你是有爱的，只是他的爱被厚重的悲哀伤痛完全包裹住了，既无法表达，也感受不到。

但是，你可以选择做女儿的方式。过年回家当然令人向往，孝顺当然必要，但是孝顺和亲情除了必需、必要之外，还应该是自然随意的。如果回家让你那么痛苦，如果你爸的冷漠让你完全无法承受，那春节你就不回家，又怎么了？

尽你所能，但是也要放过自己。

我没有办法预言，时间能不能够修补你和父亲之间的关系。我希望你们能够像 Debbie 和 Carrie 母女一样，有一天尽释前嫌。但是无论怎样，将来你爸老了，你要尽赡养的义务，因为人性最终应该超越情感。

还有小裴问我，男友会不会有一天后悔，不被祝福的爱情会有永久的幸福吗？我告诉你，就算被全天下看好、祝福、保佑的爱情，也不一定天长地久，也许天长地久本来就是传说。

所以，我们不是不要去爱，我们恰恰要去爱，既然明天那么不靠谱，那我们就为今天活着呗。所以小裴，你尤其要去爱。

有一点我不明白，也挺愤怒的：为什么一个成年的女性可以被强迫去打胎？！

小裴你要记住，你的身体选择权在你，你怎么会这么傻、这么懦弱，他们是不是威胁你了或者胁迫你了、伤害你了，如果是，你要立刻报警。

如果他们只是管闲事儿，所谓的晓之以理动之以情，那你就该让他们滚。小裴你是那种真正浴火重生的人，你更应该活得够本。

上中学的时候，我们班一个男生老说“抡圆了生活”，我特别喜欢这句话。你真的应该抡圆了生活。你想你连死都不怕，你还怕活吗？

真的，秋荔、小裴，我要祝福你们：新的一年，得勇敢点。

扫码收听鲁小胖的回信

PART 3

新的人生，就是要直面我们的问题

此生，你不来，我不老

既然爱是相互的，那“将就”何尝不是？所以我不将就，我更不要别人来将就我。

渺淼的来信

小胖好！我二十七岁了，还单着。你问我有没有恋爱史，抱歉啊，我没有过。不好意思谈，主要是没人可谈。也许和我自身的外在条件有很大关系。

记忆中，就没有人追过我。看着那些走得近的关系好的女性朋友、同学，一个个嫁作他人妇，双双飞去了，而自己依然落单，那个心情凄凉啊。我也有花痴过男同学、男同事，可是这些被我花痴过的人，后来也都名草有主了。

都说男人是视觉动物，外形条件不好的女性，是不是注定就悲催了？虽然传说有一些丑女像无盐、黄月英啊这些人，也找到了自己的幸福，而且还都嫁给了历史上的杰出人物，但我可不敢有这份心气。有几次人家牵线让我相亲，我去了，心虚得很，极力表现得热情，吃完饭我抢着把单买了，想博得人家好感呢。

心酸的时候就会想，长相都是爹妈给的、天生的，又能怎么办呢？可是又不忿，难道外形不好的人，要么只能单一辈子，要么就只能找同类？就不能找到一个白马王子吗？真是好无奈。求一点安慰可以吗？

鲁小胖的回信

今天几乎所有人都在悼念杨绛先生。我在这里有些不合时宜地说些小情小爱的事，这让我真真实实地感觉到，我们绝大多数人的渺小、平凡。不是所有人都能活成杨先生那样的传奇，那至少我们要努力不活得狗血。下面来回答问题：

有人问，外形不好的人，只能单着或者将就一辈子，要么只能找同类吗？这个问题最后把我问乐了。人哪，都是只许自己放火，不许别人点灯。我们老抱怨这世界以貌取人，其实我们自己何尝不是。问问题这个女孩，你又何尝不是？你一句“那我只能找同类吗”，就透露出各种不甘心。这大概是我们不开心的原因，那就是，我们总抱怨世界充满“偏见”，却忘了我们自己也是“偏见”。我不好看、不出色，就没有人爱了吗？当然不是。我想，分以下三个方面来回答问题吧。

第一，关于喜欢和爱的问题。

这是两回事儿。当我们喜欢一个人的时候，我们会呈现一种花痴状，比如说人人都喜欢胡歌、霍建华、抖森，我也喜欢。喜欢的时候，用的是眼睛，而眼睛有时候是势利的；可爱上的时候，用的是心。我们的心，貌似疯狂，实则清醒，它可以透过外表浮华的一切，只看到一个让你感到欢喜的灵魂。这么说听起来很玄、特文艺，但其实就是这么回事儿。所以，我们也许会喜欢，会花痴很多人，可是，某一段时间，我们只会爱上一个人。

第二，关于外表的问题。

身材、气质、皮肤、着装、谈吐，还有五官，一个人是否看起来赏心悦目，基本由以上六点决定。前五项各位可以自行排序，反正在我看来，不论怎样排，五官都是排在第六位的。而前五项后天都可以弥补、改进，所以谁也不用气馁，谁也不用抱怨。生下来不美很正常，长大了不美，只能怪自己，怪不了别人。

第三，关于将就的问题。

大伙真的不用再问我会不会“将就”了，我不将就，是因为我也不想被任何人将就。*Sleepless in Seattle*（《西雅图未眠夜》）里面，靠近电影的尾声，Meg Ryan 的未婚夫，得知她爱上的是几乎素昧平生的 Tom Hanks，他说了一段话，他说：“我爱你，但是我们到此为止吧。我不想成为别人将就的那个对象，我不想成为你将就的对象。婚姻路本身就够难的了，至少起点不要这么低吧。”

嗯，我非常赞同这段话。没有谁愿意被别人“将就”，我们总是自以为是地觉得只有自己“将就”别人的份儿，那谁知道呢？也许我们也在被别人“将就”。既然爱是相互的，那“将就”何尝不是？所以我不将就，我更不要别人来将就我。我想这应该回答了这个女孩的问题。对于爱情和幸福，我还是觉得，在年轻的时候，至少应该任性坚持一下吧。

那个对的人，不管你在哪儿，你不来，我不老。

扫码收听鲁小胖的回信

亲吻王子之前，总要先亲几个癞蛤蟆

花心的人并不渣，但是，花心还骗人的人，花心还瞒天过海的人，花心还表里不一、还吃里爬外、还什么都想占着的人，特别是，花心还没有勇气直面现实去买单的人，就渣了。

乔月的来信

与他认识是在工作中。他很帅，也有才气，绝对是女孩一见到就会喜欢的类型。他认识我第一天就开始追求我，但我一直认为他长得很像一个花花公子，所以没答应。可他始终没放弃，对我温柔又体贴，最后算是被他的“真诚”打动了吧，答应和他在一起，并与他发生了关系。

紧接着让我想不到的事就发生了。他因为工作原因经常出差，在我与他发生关系的第二天，他就走了，后来就人间蒸发了。我很恐慌。第一次遇到这种事，我以为他出事了，还报过警，但都没什么用。这事儿过了一个星期吧，我觉得自己可能被骗了。于是上网搜他的名字，结果看到几条有关他的微博，是一个女孩发的。我把那女孩的微博一条一条地看完，明白了他们俩的关系。她是他的女朋友，他们已经交往六年了，没有分手。我特意看了一下日期，发现他在追求我的时候，还和他女朋友在微博上打情骂俏。

都说女人的直觉很准，原来他真的是一个花花公子。现在想想好可笑，我用了很长时间才打开自己，决定拥抱这个人，拥抱这段感情，没想到最后拥抱的竟然是一个感情骗子，自己还很配合地做了回无知少女。可我现在已经陷进去了，每天都很无助，很难受，非常难受，完全没办法工作。我不知道该怎么面对这件事，也不知道未来还能相信什么人。这是我人生里的一个巨大污点，鲁豫姐，我到底要怎么做，才能把它擦掉呢?

鲁小胖的回信

乔月，你成功地引起了我的注意，只用了四个字——巨大污点。哪挨哪啊，人生怎么就有了巨大污点了？你觉得你现在活在什么年代？你要不要我送个什么贞节牌坊之类的给你？成年人之间，只要你情我愿，轮不到旁人说三道四。而且，花心的人并不渣，但是，花心还骗人的人，花心还瞒天过海的人，花心还表里不一、还吃里爬外、还什么都想占着的人，特别是，花心还没有勇气直面现实去买单的人，就渣了。

不幸，你碰到的就是这样的人。真的，无论从哪个角度看，他都挺渣的，但总结起来就是以下三宗罪：第一，对女友不忠；第二，对你“始乱终弃”；第三，料理后事没有担当，不够男人。

嗯，不过你也有错。你的错误在于看人水平太差。你们不是刚刚认识当天晚上就发生故事或者说发生事故的吧？工作中交往的时间并不短，你仍然一厢情愿地认为他单身，没有女友，这真是你的问题。而且，明知爱上人渣仍然一往情深，又痴情、又糊涂、思想还老旧的女孩，让人又怜又爱而且束手无策。怎么办呢，你看人这么不准，内心又这么传统，我替你今后担心。

解决的方法就是，以后碰到看上眼的人，你要么外围去仔细地了解，要么你就简单粗暴地直接问对方：你没有太太，没有女朋友？没有各种可能超出我承受能力的两性关系吧？丑话说在前边。当然，也许会因此吓走靠谱的人，但是也好过再遇到渣男又伤到你。

嗯……现在你仍然痛苦这太正常了，只是你痛苦的原因不太对。明知道他渣，你仍然不能抽离，仍然爱他，这虽然很傻，但很正常。谁这一辈子没犯过傻，谁这辈子还“没爱上过一两个人渣”呢？可是，你居然痛苦于人生污点、今后如何相信他人，这就不对了。

关于人生污点我都懒得再解释了。至于如何再去相信的问题，我必须告诉你一点：没有相信，人生无法继续，你必须选择相信。况且，一个渣男的错误，你凭什么让全世界为他来买单呢？乔月，你要相信，时间是一切的答案和良药；你要相信，只要活着，痛苦总会过去；而且你要相信，在亲吻王子之前，我们总得不走运地亲几个癞蛤蟆才行。

扫码收听鲁小胖的回信

爱就是没辙、活该、愿意……

爱，你就包容，不爱，你就别浪费时间，因为爱就是没辙、活该、愿意！

小山丘的来信

按照世俗的眼光，我已经是大龄单身女青年了，离三十五岁不远了。

无数次相亲中，几次短暂的，接触一个月到几个月不等。目前的对象是迄今为止相处最长的了，一年有余。

但其实，从我们接触后不久，就有一些小事让我觉得我们两人的价值观有差异。虽然，这些事在很多人看来是小事，但我并不认同，不知道鲁小胖同学会怎样看。

比如，一起吃面，在面条端上桌的那一瞬间，他会注意到：咦，你碗里的牛肉比我的多哦。看到旁边一桌的饮料不错，就点了一样的，饮料端来之后，他说，咦，她那杯好像比我的多呢。

一次，他做了个小手术后住院几天，请了护工来照顾。护工的生活费是每天二十块到三十块不等，雇主自己决定付多少。他一直说，这位护工照顾得很好，也很辛苦，可最后还是只给了每天二十块。

当然，这件事可能没有对错之分，只是让人觉得他很小气。类似的事还有一些，总让人觉得不大舒服。

女生如此，也就算了，男生的话，就差点意思吧？因为这些事，我一直很纠结，觉得他不够大气。

有人说，我鸡蛋里挑骨头，人家对你好的地方你怎么没记住呢？人家外出帮你拎包，类似这种。

你觉得是这样的吗，鲁小胖同学？

我觉得，拎包和其他很多事，很多男生都会做，但问题只会在遇到事情的时候才显露出来。他工作还可以，也挺上进，性格还算温和。所以，很纠结，求救……

鲁小胖的回信

各位，我首先友情提示一下，在有关婚姻和爱情的问题上，我比较执拗、极端。

比如我反对为了结婚而结婚，找不到合适的干吗凑合，一个人待着我觉得挺好。

我也不相信什么婚姻和爱情是两回事这种鬼话，没有爱情的婚姻还在维持那是别人的选择。所以呢，如果你想要找一个人来鼓励你，现实地在生活中寻找一个伙伴而不是爱人，或者你需要人用“千万不要作，平平淡淡才是真”这样的话鼓励你，那请你去找你隔壁的李大姐王大妈。

我承认我年纪不小，但依然幼稚，反正我不妥协。

回到今天的正题，三十五岁，那又怎么样呢？

我最烦拿年纪说事儿，当然我特别赞成你去相亲啊，什么追男神各种主动花痴，因为误打误撞的过程当中你可能会找到那个真爱。

但是我特别反对，因为时间不多了，年纪不小了，我得赶紧安定下来。

一段爱情会持续多久我不知道，但至少爱情在开始的时候你应该有那种目眩神迷的感觉。你还没开始柴米油盐的生活，就已经看人家各种不顺眼，什么几片牛肉，什么拎不拎包，我听着都烦。

这种，我都不知道该怎样定义你们之间的关系，我只能说你要他干吗？你肯定不爱他，连喜欢都谈不上，所以你浪费什么时间呢？我不知道你知不知道什么是爱。

我举个极端的例子，爱上的感觉就是你明知道对方是个渣男，或者渣女，你都会帮他辩解；不爱就是，人家明明就是暖男、暖女，但你看着就是烦。

所以综上所述，爱，你就包容，当然爱也才会包容；不爱，你就别浪费时间，因为爱就是没辙、活该、愿意！

当然，听我的话你有可能一直孤独下去或者至少孤独很久吧，希望你有心理准备，千万别怪我，但我的人生态度就是不妥协，干吗要妥协？

扫码收听鲁小胖的回信

若是真爱他就不会走！走了，就不会再回来……

爱情求是求不来的。我们可以上天入地，但是我们真的做不到让一个不爱我们，或者没有那么爱我们的人，深深地爱上我们，像我们爱他们一样。

小丸子的来信

我和前任男友在一起一年多。当我们在一起半年的时候，我病了，得了卵巢癌，以后很可能不能生育。

因为家人反对，我们分手了，我也怕自己拖累他，他一直希望能有完整的家，妻子、孩子，而我不能给他想要的未来。

之后近一年时间，我们分分合合，都是瞒着家人见面。他是爱我的，即使我生病了，他也放不下我，但我知道他很纠结。

可是时间久了，彼此之间都很累，我很没安全感，就这样吵吵吵。当我知道他交新女友了，我的心很不舒服，但最后也接受了。

最近，我却发现他们没有走下去。当我看见他这样，我满脑子都是想回到他身边，可是我没有勇气。

因为我怕他已经放下，怕他不敢告诉爸妈要和我在一起，我怕和他在一起后还是那么幼稚、不能受委屈、没安全感，我怕我们最后又是一阵拖拉耽误他的事业和感情，特别是他已经二十九岁，最渴望的是结婚生子。

我不知道该怎么做。

鲁小胖的回信

话说我上次讲到，新年期间我大概看了第一百零一遍 *Sleepless in Seattle*，今天还得接着讲，因为这部电影里边有一个点特别重要，Meg Ryan 和她的女朋友总是反复看一部经典老电影叫 *An Affair to Remember*，中文翻译叫《金玉盟》，是 Cary Grant 和 Deborah Kerr 演的。讲的是两个很拜金的人，在一艘游轮上相遇相爱，然后准备各自离开现在金丝笼的生活，追求真爱。他们两个人相约在纽约帝国大厦顶层见面，结果在赴约途中女主人公遇到车祸瘫痪了。她为了男主人公的幸福着想，就一个人孤独坚强地生活。男主人公以为女主人公变心了。不过最后，两个人偶然相见，真相大白，然后有情人终于在一起了。

这样的电影真的是好看，但是，看多了真的是害人。

我告诉你，每一个女孩、每一个女人，包括你我，我们都曾经幻想过这样的情节跟画面，就是我们得了一种病，病得很重，然后为了所爱的人幸福着想，为了成全他人，我们勇敢地离开，一个人孤独地生活。

其实这一切都是一种不得已而为之的苦肉计，为的是什么？就是幻想着对方会哭着喊着回来找我们，从此以后对我们死心塌地。

可惜，这种事在生活中真的不会发生，因为如果真爱他就不会走，走了，多半就不会回来。

看得出，你是真爱他，他是真没那么爱你，你听清楚没？不是不爱，是没那么爱。可问题是，在我看来，没那么爱和不爱真没什么两样！

你们的故事写成文字你自己看一下，会不会觉得有很多字眼非常刺眼，什么前男友，你得了卵巢癌，然后他在家人的压力下你们分手，分分合合，他有了新女友，你不得不接受，等等……

其实所有的问题，你都明白，你只是不愿不敢不想去面对而已。其实问题真的没有那么复杂。他是你的前男友，而问题是，你已经是他的前前女友了，他和现在女友都分手了，都没有回来找你，这还不说明问题吗？其实你心里都清楚，你只是需要我把这些话说给你听而已。

爱情挺复杂的，可是，爱情又有那么复杂吗？

我曾经说过，爱情求是求不来的。我们可以上天入地，但是我们真的做不到让一个不爱我们，或者没有那么爱我们的人，深深地爱上我们，像我们爱他们一样。这话听起来很绕，你仔细琢磨一下。

当然，你欠自己一次疯狂。看得出你是一个很讲道理的、有理有力有节，还挺隐忍的一个女孩。这样的女孩在爱情面前其实挺吃亏的。

你得了一场大病，虽然，你没说明现在什么情况，但是，听名字我就觉得，很心疼你！得了这样一场大病，绝对算是一场生死考验，经历过生死的人了，还怕什么呢？

既然你爱他、放不下他，那你就哭一次求一次，哪怕闹一次又能怎样？试着争取一下自己的爱情。如果能争取回来，你们在一起，一年、两年，让爱情自然走完它的过程，也算是一个经历。否则你内心，总是会不甘，总是会痛苦，总是会放不下，你的人生没有办法继续向前。

如果求过、哭过甚至闹过之后，他还是没有回到你的身边，那就更说明问题了。所有的伤痛，你要自己去忍，可能那种伤痛比你的病痛还要难以承受，但这一切是我帮不了你的。

还是那句话，你的问题，你明白，但是你不敢面对。可是，新的人生的第一步，就是要直面我们的问题！

扫码收听鲁小胖的回信

就算明天要分手，那今天先不要放弃

就算明天世界末日，那今天的日子该过也还是要过；就算明天要分手，那今天先不要放弃。

闹闹的来信

我有个相处了六年的男朋友，大学四年，毕业两年，一起走过了最青涩又最美好的青春年华。

我以为一路走来，谈婚论嫁已经是水到渠成了，但是他一直不肯直面结婚这个话题。他给出的理由是条件不成熟，换言之就是我连份正常的工作都没有。

我们现在生活在北京，他是北京人，我是外地人，我们两家条件都不好，给我们提供不了任何物质上的支持，但是我们肯定是要在北京安家落户的，这样压力就会很大。

他工作还可以，工资大概月薪一万左右，但是我毕业两年来工作一直不太理想，今年索性辞职在家准备考研，不过很不争气的是没考上。

在考试之前他就一直在给我施加压力，告诉我如果考不上他会怎么嘲笑我，如此云云。

我现在特别郁闷，工作也没有，年纪也不小了，研究生还考不上，他肯定不会考虑跟我在一起的，我是不是应该主动放手啊？

鲁小胖的回信

Hello 闹闹，生活中有人要跟我提分手的话，我会沉默、接受，然后离开。我不太会去求，因为我相信这是对方的决定，那你求了也没什么用。

工作中有人要离开的话，我大概也是沉默、接受，会祝福，也不会特别挽留，因为我也相信这是对方的决定，我使劲挽留只会增加对方的内疚、为难，那何苦呢！

我知道这可能让人觉得我特冷酷，随便别人怎么想，我难过、我痛苦，我自己知道。

我不求的理由是，有些底线不能碰，碰了就真的没有回头路了；有些话也永远不能说，一旦说出了口，那就是 Game Over（完了）！

就比如“分手”这两个字。

分手这件事，它只能是个决定，它不能作为一种手段。那闹闹你确定你是在问我要不要分手，还是问我要不要以分手为一种借口，逼他娶你？我老觉得像是后者。

如果是后者的话，我真的建议你死了这条心。逼婚这个词特别不美好，这件事更不靠谱。婚姻本来就不容易，如果结个婚还需要斗智斗勇，逼迫对方的话，那这个婚你确定要结吗？

如果是前者，我们倒可以聊聊。我反对任何形式的革命。我赞成让事物自然地成长或者灭亡，情感也应该是这样。如果一段情感还没有到寿终正寝的时候，你干吗要提前去摧毁它呢？

你和你男朋友两个人相处六年的时间，其实真正的生活只有两年，因为校园里的日子再长也没有办法和真实的岁月相比，所以不能算。

其实现阶段我真的不看好你们的未来。好的情感是要两个人共同成长，彼此信任，可是你们刚刚迈入社会，已经有了很明显的渐行渐远的感觉。最要命的是，你的那种不安全感，真的足以致命。

我仔细看了你的信，其实没有发现你男朋友有太“十恶不赦”的地方。两个社会新鲜人，一个有工作，一个无业，这个时候不结婚很正常，这个时候结婚才是有病！

我要是你的话，我就赶紧努力收起自己的玻璃心。考什么研呢我特别不明白，你书还没读够吗？你应该赶紧找工作，自食其力。工作中的人真的是美丽的，一定要工作！哪怕是一份再微不足道的工作，也会让你有自己的生活，这个非常重要。

你只有把自己的日子过好了，才有可能把男朋友从青蛙变成王子。可是，如果你工作了，你们仍然不好，那怎么办？这个真的没办法。爱情、婚姻，没有任何人能够给你担保。

但至少有一点，你努力了，未必有好结果；你不努力，一定没有好结果。

讲了那么多，貌似你和你的男朋友的前途很黯淡，但我想说的恰恰是如果结局已经决定了，那不妨让它自然地发生。就算明天世界末日，那今天的日子该过也还是要过；就算明天要分手，那今天先不要放弃。

我的话不知道你有没有听明白，愿天下有情人终成眷属这句话听起来特别正确，但我想说的是，如果有一天终成怨偶，那明天该分手就分手，但今天，我们要做的，只是静等明天的到来。

扫码收听鲁小胖的回信

何时向他交代你的人生?

如果你喜欢他，就沉住气，如果你不喜欢他，那也不必问了，有多少钱，有多少工资，没有意义，跟你没有关系。

Timo 的来信

我叫 Timo，女，未婚，二十七岁，收入保密，存款保密，谈过几段恋情保密，想不想结婚保密……为什么要保这么多秘密呢?

其实，这些事都不是什么值得保密的事，只是现在我和男朋友的状态是这个样子的。

交往快一年了，我们两个人工作比较忙，相见较少，也没有同居过，但我们在一起很舒服、很快乐，只是，我们从未对彼此交代过人生!

我想，如果两个人要继续长久地、有结果地发展，也为了更好地计划未来，很多事情还是需要彼此了解的。

问题是，我总觉得开口问别人收入是多少、存款有多少，是一件有点难为情的事，尤其是觉得他的经济条件优越于我的时候。

鲁豫姐，什么时候对彼此交代人生比较合适呢？怎样开口才能避免尴尬呢？

鲁小胖的回信

我今天想说一些题外话。春节假期已经结束了，但我是一个入戏特慢、出戏也特别慢的人，所以我还没有从春节的感觉当中回过神儿来。

总的来说我特别抗拒过节，尤其是春节，因为它打破了我这一年来辛辛苦苦建立起的工作、生活节奏，然后当我逼不得已把节奏放缓，到后来能够享受一些过节乐趣的时候，唉，春节居然就结束了！

我现在还在一个离北京很远的地方，我想跟大家分享一下我这两天碰到的两件还挺好玩的事儿。

昨天，我在美国的一个小镇，要从这个小镇的一个非常小的机场坐一架很小的民航客机到另外一个大城市去。登机之前我有点时间，我的一个朋友就开车带着我，去小镇逛一条很著名的商业街，那条街上有几家特别棒的画廊。

我逛的时候，我的朋友说："你往前走吧，我去停车。"然后我的手机、包都在车上，我一个人先逛。一瞬间，我突然想，万一我们俩走散了怎么办？但我没当回事，还是往前走，逛着逛着我和那个朋友果然就走散了。我没有手机，一分钱都没有，我的护照不在身上，关键是，我谁的电话号码都记不住！我也不太着急，就顶着大太阳走啊走啊。我当时想飞机误了就误了吧，那我身上没钱怎么办啊？我想大不了，这个小镇总能等到一两个中国人吧，我就拉下脸问他们借钱，保证回到北京之后一定还给他们。然后走啊走啊，我真的特别累，晒得都快虚脱了，还特渴。突然就看到我的朋友开车在找我，我一点都不着急，上车还特高兴，我们俩就直奔机场。

到了机场我去办登机手续，一个特别高特别胖的工作人员对我说："对不起，没有你的位置。"我说："啊？我这是坐飞机又不是长途客车，怎么会没有位置？"他说："因为这个航班非常紧张，通常我们都会多卖出一些票，今天来的人多了，你需要等着，等所有人登机之后，我再告诉你有没有位置。如果今天客满的话，那你只能飞到另外一个城市转机，要多花五个小时的时间。"

我居然还是不太着急，我觉得我不可能上不去这架飞机！我等啊等，等所有人登机之后，果然，那个特别胖的工作人员冲我招手叫："Chen！"然后我就过去了，他说你可以登机了。我当时特别得意，因为在我身后还有至少两个乘客，他们不可能上那架飞机了。往飞机走的时候特想回头看看他们，但是没好意思。那一瞬间心里特得意，我觉得我人品大爆发。

通常讲完两个故事之后，你总要总结出一些跟人生有关的很有哲理的话，总结出一些道理。其实在小镇逛这件事，总结出的道理就是：平常不管去哪儿，手机千万不要忘，身上一定要记着带现金，很简单！

在机场的遭遇，让我意识到一点，其实，真的，只要你相信一件事，好像总会发生。还有那架飞机即便赶不上又能怎样呢？那个目的地我还是会到达，只不过晚几个小时而已，只不过稍微辛苦一点而已，又能怎样呢？

我发现，平常我是太容易着急、太容易焦虑了，那根弦总是绷着。可能是因为过节，可能是因为我在一个陌生的地方，很多事情我没有办法，那既然没有办法，不如就随遇而安，人自然就放松了，然后那个结果，反而挺好的。

接下来还是得言归正传，说说 Timo 的问题哈。

如果我不喜欢一个人，那你的是你的，我的是我的，咱们俩井水不犯河水；如果我喜欢一个人，那你的是你的，我的是我的，你的也可以是我的，我的也可以是你的；如果我决定和一个人在一起生活，那 OK，你的是我们的，我的是我们的，而我们的都是我的，就这么简单！

至于对方的过去，他谈过几次恋爱，他的情史，你确定你要知道吗？对于我来说我爱一个人，我只负责他的现在和未来，他的过去，与我无关。我在内心要相信他，哪怕他过去是个人渣，我也要相信此时此刻，见到我之后，他就会立地成佛！只有相信，爱情才能够往下走！

所以你确定你要知道他的过去吗？你能够承受那个真相吗？这点你就不要知道了吧，你唯一需要问他的就是，你要不要跟我结婚？你有没有这个打算？这点，真得提前问清楚，省得彼此浪费感情。

Timo，我真的觉得一个大活人，远比存款啊工资啊有意义得多，如果你喜欢他，就沉住气，放长线钓大鱼；如果你不喜欢他，那也不必问了，有多少钱，有多少工资，没有意义，跟你没有关系。

如果你真的很喜欢他，那就耐心地等待，等他深深地爱上你，自动地坠入你的情网！

扫码收听鲁小胖的回信

用尽我的洪荒之力去爱你

我说过，你可以爱我，也可以不爱我，但你不可以骗我，不可以沉默着，让时间消磨我的意志、信仰和耐心，让我和我的爱情自生自灭。

一个无助的女孩的来信

不知道这封信鲁小胖能不能收到，但我还是想告诉你我很伤心，想让小胖帮助我。我刚和男朋友分手，他移情别恋了，说我们不适合。他是那种有点文艺气息的男孩，我是喜欢这种男生的，我们在一起的时间不是很长，他有些地方我也不是很喜欢，但还是选择了他。现在想想也许只是当时缺一个男朋友吧！现在分手了，我不知道为什么感觉很委屈，可能因为分手是他提出的吧！其实我并不爱他，但还是感觉自己受到了伤害，不愿意去面对这件事，嘴上总是说着没事，其实内心已经崩溃得受不了了！

鲁豫姐，在爱情世界里，到底什么样的男人是可以相信的？他以前说只要我不跟他提分手，他就绝对不会和我分手，现在却跟我说他爱上了别人。我只是普通的女孩，没什么才艺，但我觉得我是好姑娘，很容易相信别人。这次的分手让我不敢再去信任别人了！请鲁小胖帮助我，情感当中的瞎子，一个无助的女孩！

鲁小胖的回信

这两天我在香港出差，香港的天气阴、晴、小雨、雷雨，各种混搭。我每天顶着太阳顶着雨，在街上、车上，常常听同一首歌，就是逃跑计划的《夜空中最亮的星》。嗯，这样的描述很容易被人吐槽说显得文艺矫情是吧，可是 so what（那又怎样）？这首歌真的很好听。

我宁愿所有痛苦都留在心里 / 也不愿忘记你的眼睛 / 给我再去相信的勇气 / 越过谎言去拥抱你 / 每当我找不到存在的意义 / 每当我迷失在黑夜里 / 夜空中最亮的星 / 请指引我靠近你

嗯，这有点自虐的方式算是我的爱情观吧，符合我双子座、AB 血型纠结拧巴的性格。这首歌也送给一个无助的女孩，她说她前男友移情别恋了，她觉得委屈、受伤、崩溃，她问什么样的男人可以再去相信？我说过，你可以爱我，也可以不爱我，但你不可以骗我，不可以沉默着，让时间消磨我的意志、信仰和耐心，让我和我的爱情自生自灭。不爱不渣，欺骗、自私、闪躲、没有承担才渣。

所以小朋友，你的前男友其实没做错什么。可是，爱情中的誓言不算数吗？还要不要当真？当然算数，应该当真。我相信誓言，在说出的那一刻，真诚、神圣，那就是誓言存在的意义。至于什么样的男人可以相信，这是个可爱的、孩子气的、无解的问题。一个男人伤了你,这个单你让全世界所有男人来买,这不公平。我只知道，所有的爱情都是一场心甘情愿的冒险。既然爱，就要相信，如果不信了，爱也就岌岌可危了。反正，失恋的伤痛总会过去，新的恋情也会到来。

小朋友，我给你灌几碗鸡汤吧。爱情真的不仅仅是被爱，去爱同样重要。爱没有值不值、该不该、对不对，爱了，你就要认。失恋当然痛苦，但是你环顾四周，恩爱的人貌似很多，快乐的人请问又有几个呢？再长大一些，你才会明白张爱玲所说的，生命是袭华美的袍子，爬满了虱子。

失恋也得扛着，祝你早日扛过失恋的痛，祝你永远拥有爱的能力，还是要相信啊。反正爱的时候，我还是愿意使出我的洪荒之力。

扫码收听鲁小胖的回信

Coffee，tea or me？

感情上的事我真的觉得该经历的你必须要经历，该负的债你必须要负，该犯的错你必须要犯。

萧然的来信

鲁豫姐你好！ 本人男，二十六岁，未婚。来说说我的困惑吧。以前有一段长达七年的爱情长跑，后来中专毕业就分手了。目前的工作比较忙，时间安排通常是三点一线，平时接触姑娘的机会几乎没有！ 后来在某社交软件上遇到了一个可爱的女孩子，看了她的照片，她身上的气质吸引了我，遂搭讪："我的菜，能聊聊吗？"

然后我们就聊上了……有天她和我说，她没钱交房租，让我帮她交，她做我的女人。看到这话，我第一个心理活动就是心疼。我想了想，在没见过面的情况下给她转了钱。过了两天她来找我说要给我，我说你来找我可以，但是我不会要你，你要是喜欢我那我会要了你，但你还并不喜欢我，如果仅仅是因为这几千块钱，那你还我就是了，我有精神洁癖……

随后的第二天夜里我应邀去她家，但是她却去了她朋友家喝酒，喝醉了到早晨还没有回住处。我为了等她熬了一夜，有点不放心，早晨就去接她回家。也许是这个细节感动了她，她开始正视我的感情，工作之余话题也多了起来……

在慢慢接触的过程中，听说了她的过往。她离过婚，现在自己带着孩子，很让我心疼。客观上来说，感情本就不该是纯粹的理性判断，我是带着对她的心疼而喜欢上她的，甚至现在就像您说过的欲罢不能地爱上了。但是，老实说，我确定我爱上她，也是在和她上过床之后的事了……现在我面临的问题就是，我在分析自己对她的这份感情到底是不是爱，或者我安慰自己爱情其实就是情欲和关心对方以及为对方付出的实际行动！ 希望您能在百忙之中帮我分析一下！

鲁小胖的回信

Hello，萧然。

你讲自己的故事讲得不太多，我也不太了解你的性格，你是不是一个看浪漫电影挺多的人？总想象自己是那个骑着白马的王子，来拯救一个落难的小女孩。但是我必须得告诉你，这样的事在电影当中会发生，在生活中真的不会发生。你千万别以为 *Pretty Women*（《风月俏佳人》）那样的电影、那样的故事在生活当中是可行的。亲爱的，我告诉你，真的不会发生。

我不喜欢一个女孩，上来还都不认识我呢，就对我说"我没有钱交房租，你帮我交房租吧"。凭什么呀？也许你愿意，反正我不愿意。在情感上两个人真的是平等的，它不应该是某种交换。当然如果相爱之后，你们在一起生活，你负担她的，她负担你的，那是你们的生活，你们的选择。但是在一开始，情感就应该是单纯地、自然地发生。你喜欢我，我喜欢你，仅此而已。我一直说我从来不 judge（评判）别人的情感，看了你跟我讲的你的情感故事，我发现，天啊，我有偏见，我对你的情感在心里面 judge 了一下，评头论足了一下。

所有的情感，无论后来怎样，结果怎样，在开始的时候都应该是美好的。但是听了你的故事我觉得你有点冤。你的确是喜欢那个人的，不管是喜欢还是爱，反正是有情感的。但是她对你是一种交换。当然你可以说我不在乎，我就喜欢你，我爱你，与你无关。那如果你要真的这样想，我也拦不住。可我觉得，我爱你当然与你有关。的确，每次回答你们的问题，我只能从只言片语当中来获取你们情感的状况，包括你们各自的性格，会非常片面。反正从你给我写的这几笔，我觉得这个女孩有一点作。一个女孩强势或者性格各种不可爱都没关系，但是有点作的女孩，反正我不喜欢。虽然我也有点作吧。但我总觉得，一个妈妈自己带着孩子，她怎么可以大晚上就出去喝酒，把自己喝醉了，早上还不回家，难道孩子是别人在帮着带吗？还是她希望通过喝醉酒让你心疼她？反正我觉得这不对。

对你的爱情我也judge了，吐槽了，分析了，甚至批判了，感情上的事我真的觉得该经历的你必须要经历，该负的债你必须要负，该犯的错你必须要犯。如果你真喜欢她的话，就别老分析自己了，结果谁能够预料呢？就算未来受伤了，你是个男人，又能怎样，你承担得起。反正，这是我的感情观，和你分享。

扫码收听鲁小胖的回信

PART 4

爱情是两个人的战役

找一个我爱的人，还是爱我的人？

爱来了你是挡不住的，它要走了你也留不住，所以千万不要试图和爱去理论。爱很残酷，对于爱着的人来说，爱是天堂；那对于不爱的人来说，爱就是地狱。

筱筱的来信

鲁豫姐你好，我叫筱筱，今年二十五岁。我现任男友长得很帅，家里条件也好，主要是对我很好。虽然我们偶尔会吵架，会冲突，可是他就像我的贴身保姆一样。我想要的东西，他不吃饭都要主动攒钱给我买。

冬天的时候，我的手经常会开裂起皮，他就把我的脏袜子什么的给我洗干净，对我照顾得无微不至。身边的朋友们常常说，这么好的男人，你是再也找不到了，一定要好好珍惜。可是他对于我的吸引力不大，我并没有那么爱他，我总是要违心地说爱他，真的很不舒服。我现在只是享受他对我的好，却体会不到爱情的甜蜜。

你说我是应该分手，还是应该慢慢培养感情？一方面，我担心最终依旧无法爱上他，培养的最多是亲情。日久生厌，浪费时间，还可能错过更好的人。可是，如果分手，我又怕再也找不到对我这么好的、体贴的男人了。总之好像做任何一种选择都有代价和成本，真的每天都好挣扎好纠结，希望鲁豫姐能够帮帮我，告诉我该怎么办。

一个男孩的来信

鲁豫你好！想和你交流下。我现在的女朋友条件不错，当初是我花了很多时间追到的“女神”，但是现在发现“女神”不做饭也不做家务，我工作完还要做饭，感觉很累。她呢，基本上是需要我伺候的，打扫卫生、洗衣做饭，我都成男保姆了。有时候心烦了，会很恼火，凭什么我一个人什么都承担了，还说这是我作为男人的责任、照顾女人天经地义。我非得给自己找个主人来伺候？有时就感到十分讨厌和无奈，也会和她理论，结果她就闹、就哭、就说我想不负责任。我也试图和她沟通，想要改变她，可是总不理想。挺困扰的，你能给我点建议吗？

鲁小胖的回信

今天要两封信一起回，因为这两封信让我想起一个数学名词：合并同类项。

不瞒你们说，因为时间太久远了，我专门百度了一下这个词。我觉得这世上所有的阴差阳错、擦肩而过、强颜欢笑，都是因为我们在爱情中、在婚姻中，错误地合并了同类项，或者说是，合并了错误的同类项。反正爱情比数学题狡猾多了。它不是难，而是 tricky。

来看眼前这两封信，一道题目，两段情感，四个人物。我刚才找了纸和笔，然后特认真，在纸上写了以下内容：不胜其烦的筱筱和她无微不至的男朋友；要求无微不至的“公主病”和她不胜其烦的男朋友。

这四个人，都不开心。显然，组合是错误的。而这四个人当中，有人一直被别人照顾，有人一直照顾别人；有人心不甘情不愿地照顾别人，而有人是心不甘情不愿地被别人照顾。

那不如这样，筱筱的苦命男友，你和“公主病”在一起，至于筱筱和“公主病”的男朋友，你们俩随便。这样，至少有两个人适合彼此，不用四个人都痛苦，那你们觉得怎么样？

当然不怎么样。真以为在做数学题吗？人生哪儿会有那么多的皆大欢喜正合适，因为这里的矛盾不是谁做了家务，不是谁照顾谁，而是，爱。不够爱，不爱了，就这么简单。爱着的时候什么都不是事，如果不爱——不爱了，那什么都是事。我从不相信什么日久生情，我也不相信你可以感动一个不爱你的人让他有一天爱上你。爱要么在要么不在，它就是凭空而来的，没有原因，它也会突然消失，莫名其妙。

爱来了你是挡不住的，它要走了你也留不住，所以千万不要试图和爱去理论。爱很残酷，对于爱着的人来说，爱是天堂；那对于不爱的人来说，爱就是地狱。

我觉得人间的这出爱的悲喜剧就是源于我们合并了错的还是对的同类项。如果爱有公式，那一定看起来很简单——找到相爱的那个同类项，就那么简单。可是老天，那你需要多大的运气呢？

我不想老对你们说“爱呀，不爱的话就分开啊”，那将来你们都单着的话会不会恨死我？我只强调我的爱情观就是：不凑合，不将就。可是，每个人的需求是不同的。如果对你来说，陪伴比爱情重要，那就请你做出实际的选择，因为每个人的生活都是甘苦自知，所以各位“筱筱们”：此时你想要的，就是对的。

扫码收听鲁小胖的回信

我们都是俗人，唯有爱情才能拯救我们

有爱情在，有没有礼物我都爱，只有不够爱的时候，礼物或者别的什么一件鸡毛蒜皮的事，才有可能成为一件事。

毛毛的来信

鲁豫姐你好，我叫毛毛，情人节虽然刚过去没几天，或许还有很多人沉浸在恋人的蜜罐当中，而对我来说过次节简直就是煎熬。

原来没对象还好，也就跟朋友出去逛逛街吃吃饭，对节日没什么期待。可现在有了男朋友，为什么我觉得过个情人节却跟单身狗没什么区别。

今年是我们过的第四个情人节，之前几年因为异地没有在一起过，今年难得能在一起过个情人节，老实说我还挺期待的，早早地给男友准备了礼物。可是他太让我失望了，我等了一整天只

等来了一句“情人节快乐”就没下文了。

走在街上看到别人的男朋友给女朋友送这送那，几乎每个女生都捧着玫瑰花，我的心情真是down（低落）到极点了，好几次都想哭。真不是看重礼物，我又不是没钱，主要看重的是心意。

我真不知道该用什么来衡量一个男生对我的真心。连最起码的情人节也没有鲜花或者小礼物。我昨天还有点期待，今天更多的是失望，还幻想着会不会有快递送给我之类的，这种失望不是第一次了。

我跟男友相恋以来，他从没送过我礼物。我之前也不计较什么，但就是心里会有一些难过和失望。

我不是物质的女生，他经济条件不好，我们存一点钱都用来见面了（我刚刚研究生毕业）。我也不是真的想要什么东西，只是觉得从他那里得到的关注越来越少，有些难过。

每次跟他提起，他也会说现在不一样了要忙工作，不能花时间花精力准备礼物希望我理解。可是这种心理上的落差该怎么调整呢?

看到身边朋友各种秀圣诞节礼物、圣诞节大餐，我真的有些难过。最近节日扎堆，他竟然一点都没提起这些事儿。

都说金钱不是衡量爱情的标准，可是也有人说一个男生真的爱你会舍得为你花钱的。鲁豫姐，遇到这种只说爱我却从不送礼物的男友我该怎么办呢?

鲁小胖的回信

毛毛你的信差点让我大半夜去翻箱倒柜，找找我曾经收到过什么礼物。当然我没去翻，我只是坐在沙发上使劲想我收礼物的历史，结果发现只能用“惨淡”两个字去形容。

因为你这里指的礼物是来自恋爱婚姻关系当中收到的礼物。其实生活当中我的好朋友常常会送我各种各样、特温暖或者特别奇葩的小礼物。

我有一条那种横条纹的绒裤子，要多不好看有多不好看，是我一个闺密买给我的。她给我买的唯一的理由就是，那种裤子不论谁穿了都会显得特别胖，所以就买给我了。

我有一面墙那么多的冰箱贴，有一多半是我自己从各地搜集来的，还有一小半是朋友们在路上旅行的时候带给我的。

在刚刚过去的这个春节、情人节，有我的朋友，还有同事从老家给我带来了什么酸菜、白薯，还有腊肉。还有一个朋友在情人节那天给我买了一个，那种心形的毛茸茸的玩具，你一摁那颗心，它就会说，情人节快乐！但我那颗心好像有点坏了，你一摁就会有个特别诡异的、很猥琐的男人在说：“你好你好！”

这些礼物都特别欢乐，但是，它们都和爱情无关，它们都和友情有关。

在生活中我是一个特别欠缺仪式感的人，有点无趣。在恋爱中我真的不太介意有没有礼物，只有在一种情况下我想我会在意，那就是我很爱你，但你似乎没那么爱我，我爱得可能心慌了，于是我会留意各种蛛丝马迹，比如说我的微信你是不是第一时间回的；比如你去了一个很酷的地方出差很久吧，但回来居然没有给我带礼物；或者我过生日，你也没有送我什么有意思的东西。

我换一种说法吧，你可以不爱我，但你不可以半死不活地拖着我！所以，与其说是礼物不礼物的问题，其实最终又回到了爱和不爱的问题。

所以，毛毛你得问问自己，你是属于哪一种情况。礼物就像蛋糕上的那一层糖霜，或者那颗樱桃，有没有其实都不影响蛋糕的味道。

对我来说，有爱情在，有没有礼物我都爱，只有不够爱的时候，礼物或者别的什么一件鸡毛蒜皮的事，才有可能成为一件事。所以，礼物只是症状，它不是病因。

还有毛毛，如果你跟你男朋友，还是彼此特别相爱，那我觉得你男朋友挺冤的，因为你自己说的，他经济条件不好，你们存一点钱都用来见面了，那没钱当然就没礼物了！你还千万别跟我说什么礼轻情意重之类的话。情人节你想一想，他举一朵玫瑰去见你，和捧着 99 朵或者 999 朵玫瑰去见你，哪一种情况会让你高兴？

PS：如果是我，相爱的时候，彼此牵手就够了。肉麻吧?!

扫码收听鲁小胖的回信

爱情是一场精确的匹配游戏

在爱情当中你只有两种选择，要么无条件去爱，要么狠心放弃。

小乔的来信

鲁豫姐你好！我是一名民航空姐，飞国内航班，经常会服务商务舱。因为自身条件还可以，所以经常会被乘客搭讪。身边的追求者也不少，可我更喜欢纯真的爱情。后来我在朋友的介绍下，认识了一个外企“凤凰男”。“孔雀女+凤凰男”的组合，真的很心累。相处中，要小心翼翼地维护他的玻璃自尊心。一起出门吃饭玩耍都不敢吃太贵玩太贵，他还经常有“怨妇”心态。因为我的经济状况比他要好，在北京的房租也是我付，有次在酒桌上，他的朋友喝多了说他是“走了狗屎运才能找到一个倒贴的女朋友”。我拿这句话质问他，他模模糊糊的态度让我觉得我真的是“倒贴”吗？

他还觉得我家有钱那就该支援他家。前几个月我和他去燕郊看房子，他觉得我应该付首付，然后两人婚后一起按揭。挺不可思议的吧，只因为他反复说家里农村还有个妹妹，意思是他父母供他上学不容易加上反正婚后是两个人的财产，谁付首付也没什么区别，而且你家本来就好该倒贴给我买房。

我就呵呵了。说实话，我在这段感情里对他真的很付出，可以说是百依百顺。他有次劈腿我也原谅了。

真的不明白，为什么他会有“我家有钱那就该支援他家”“你家本来就好该倒贴给我买房”的心态？你穷你有理？

鲁小胖的回信

Hello，小乔，咱们俩在空中有没有碰到过？我赶紧回忆了一下，我在飞行的时候应该表现还行。不过很多时候，因为睡眼惺忪，特别不想拍照，万一没跟你拍照请你原谅。看了你的故事，有一句话首先映入眼帘，就是你说有一次他劈腿了，你还原谅了他。我大概跟你们讲过，如果我爱你、你不爱我，或者你现在爱我明天不爱我，你的感情发生变化了，理性上我可以理解，因为改变是绝对的，不变是相对的。但是我特别尊重游戏规则，就是你不爱我了，请你告诉我。我特别受不了的是那种脚踩两只船的人，我不太明白你为什么不能坦诚面对呢？好吧，劈腿的心理状态我先不去分析，因为比起劈腿的人，我更不能理解的是会原谅劈腿的人，比如说你。我的确没有被劈腿过，不过那天我的一个闺密特别邪恶地对我说，也许你被劈过你不知道呢。好吧，最好别让我知道，因为我不知道我会做什么。但是有一点我会做，就是我不会原谅这种行为。在感情上我可能比较极端，算是有洁癖吧，我特别不相信感情是可以缝缝补补的。

下面来说说钱的问题。我特别不喜欢说钱的问题，不是我清高，我觉得钱是一件好东西，如果你辛苦赚来，我觉得挺牛的。我不愿意的是婆婆妈妈的。在爱情上，真的跟钱没关系，我从来不认为你喜欢一个没钱的人，你的爱情就特别高尚。你喜欢有钱的人，你就是拜金。我觉得有钱没钱，只要我爱他，那就是第一位的。我不在意一个人没有钱，但是我非常在意这个人对于金钱的态度。

再说你的这个估计已经成为前男友的现男友的问题，不是在于他没钱，而是在于他对于金钱的态度。他太过算计，他太在乎钱了，他的格局太小了，这是我不能够接受的。我没有办法想象跟这样一个人生活在一起。两个人出身背景可以不相同，但是三观必须一致。我相信内心这份芥蒂你早就有了，而这份芥蒂有一天会变成一道鸿沟。好像面对婚姻、爱情，通常人们会劝和，说不要分啊，他挺好的。但我觉得那都是街道大妈大婶干的，而我会用我这一生抗拒做一个大妈大婶。

在爱情当中你只有两种选择，要么无条件去爱，要么狠心放弃。如果你还爱他，选择留下的话，那你就要接受一切，包括他未来可能还有的劈腿，包括他对于金钱的这种斤斤计较和算计，接受一切，不再抱怨。但如果是我的话，我可能会选择离开，我相信梁静茹唱的那首歌《分手快乐》，其中有一句话叫“挥别错的才能和对的相逢”，其实我对这句话有不同的看法，不是为了和对的相逢你才和错的分手告别，不管有没有对的，不管能不能遇见，错的就是要被结束。

扫码收听鲁小胖的回信

和“作女”谈恋爱是种什么体验？

恋爱、分手、被劈腿、我渣、我被渣……这是恋爱、婚姻的常态，可是无论怎样，我们都不要用一个生命去惩罚另一个生命。

珉江的来信

遇上她是我的大幸，也是大不幸。

网游认识，然后热恋，刚开始觉得她天真可爱，可很快就让人吃不消了。她身上完全没有规律可循，会忽然让我留络腮胡，我说这违反公司规定，她不管，还硬在我后脑勺上剃出了一颗心的形状。这夸张的造型让领导忍无可忍，我最终被扫地出门。做了三年地产经济却在最赚钱的时刻退出，不少同事替我惋惜不已。

丢了饭碗刚换岗位自然得投入更多心力，可能无意中冷落了她，她给我订了一系列规矩：一分钟之内必须回短信，响铃三声必须接电话,删除手机里所有女性的电话,她找我时必须随时出现,除了周末我任何时间都不能主动找她……

我家境差,她想要我混得好但又瞧不起我的努力,不让我和其他人接触,连我的哥们儿也不放过。也许她看上的是我对她的好,却又不愿意跟我一起努力!离谱?我不敢违抗,违抗必发飙。你们可能要嘲笑我一个大男人还怕一个女人发火,你们可能真的没见过……什么叫往死里作。

前阵子我二伯家堂弟结婚,我回家参加婚礼,晚上二伯拉我打麻将。我一年回家一两次,二伯从小疼我,我答应了。九点刚过她查岗问我在干吗,我说陪老人打麻将,她就说让我好好玩,明天别回来了,说完挂电话。我第二天硬着头皮往回赶。她把门反锁了,我按了半天门铃她就是不肯开门,我只好站在院子里大声喊她的名字,左邻右舍帮忙劝说,她终于放我进去。

一进门,她抓起台灯朝我扔了过来,说她这辈子最恨就是赌博,说我故意和她对着干,说完又抄起板凳朝我扔了过来,边扔边吼,大意是死也不会嫁给我这种人。当时火一下蹿上来了,我回了一句我死也不会娶她这种女人,回敬完愤然起身走进卧室,只听见咚一声闷响,我一回头,窗户大开……我知道完了,飞奔下楼只见她一动不动地躺在地上,身下一地碎掉的石棉瓦。

送去急救,医生告知我诊断结果:摔断脊椎和神经,截瘫,手术也只能将腰椎复原固定,恢复的可能性微乎其微。她父母姐妹和我家人都来了,我那老实巴交的父母吓破了胆,听说初步手术需要六万元,爸妈二话不说打算将房子卖掉。

为了弥补心里的亏欠也怕她再闹，我父母建议我用卖房子的余款去付首付，买套房子作我们将来的婚房。可她坚持要付全款，哪怕是贷款，房子也要写她的名字。我无可奈何，说房产证上的名字也就是还款人，她哪来的能力还贷款？

不到一个月我暴瘦了二十斤，没睡过一个好觉。对她的未来我不敢设想，可眼前，不知情的她每天和我争吵、冲我撒气，全然不知今后也许将永远在床上度过。小胖，我到底该怎么对待她？快刀斩乱麻？给她足够的钱是不是就算负责？

五星瓢虫的来信

有个很作的女友是什么体验？我会告诉你分分钟气得你想飞起。

举个“栗子”，我和她的日常就是：

周一她要分手，因为我在朋友圈给学生会同部门师姐点了个赞，评论里发了个笑哭表情，她一头跑到我宿舍楼下纠缠到十二点不罢休，当着所有路过同学的面拧我胳膊踢我腿，搞到舍管阿姨当面把楼门关了不让我进去。

周二要分手，因为我没把和她出去吃麻辣烫的照片发朋友圈。我俩天天见面，她发不发看心情，但我不发就是不爱她。

周三要分手，她要参加一个商务英语的比赛让我帮忙写演讲稿，我正好有门巨难的主修课结业要考试焦头烂额。我语气上有点不太乐意，她当时没发作，回去之后就发微信说分手，我下一秒回她已经是被删除的状态了。

周四要分手，她大姨妈来了肚子疼给我打电话又不说为什么。我忘了这个日子了，问她怎么了，她一声分手挂断电话。

周五要分手，她去三环外大学城去找一个高中男闺密，我怕她闹，虽然心里不舒服也让她去了。结果晚上她错过末班车回不来了，我心里一窝火嘴上就没忍住，微信上和她说我早就提醒你要早点回来，现在好，那个鸟不拉屎的大学城你跟他怎么住？她一下火了，电话里吼说我这是不相信她。我也火了，说不是不相信就是不舒服，然后她使出千年撒手锏提分手，我顺着接了一句说：“好，分吧。”

挂断电话。半小时后，我拉着宿舍里关系最好的哥们儿去校门口网吧打了通宵游戏，第二天从网吧出来，周六的早上，感觉重获生而为人的自由，告诉自己要开心，祝她幸福。微信、电话删掉，关闭她朋友圈，安安心心地在图书馆找了一本小说。到点吃饭，感觉幸福得要飞起来了。周日白天亦如是，然而到了周日晚上，莫名开始觉得没着没落。

然后就是周一，我没脸没皮地去求复合了。贱吗？我有时候也这么觉得。每一次被她气得飞起，事后又觉得她不过是嫉妒、依赖、没安全感、脾气暴。没有人是完美的，她不对你无理取闹，她不对你撒娇耍赖，那她还是爱你的吗？

当女朋友作到我觉得想跳楼的时候，我唯一能做的就是用脑子想想：都是自己选的……以及，她生活里对我嘘寒问暖，寒暑假坐十几个小时硬座来看我的样子，第一次见到她时她扶着一个拄着拐棍的大爷，对冲过来的汽车破口大骂的样子。

我爱她的一部分，那么另一部分是不是就该忍了？其实，我也不知道这样畸形的爱情到底能不能走远。你问我跟作女谈恋爱是什么感受？累，特别累，但又离不开，这也是有病啊……

鲁小胖的回信

我觉得每个人都作，唯一的区别是，你是作自己还是作别人？前者活该，后者烦人。我呢，是那种默默地自作自受的人——你想我连作都不麻烦别人，我会本能地反感那些自己荒唐任性却要别人买单的人。

凭什么呢？

所以我特别同情珉江，这么惨烈的事儿居然发生在你身上，你真的很可怜。今后你要么远走他乡，但从此背上一个渣男的骂名，要么你隐忍、坚持，就在女朋友身边做不离不弃状。

可无论哪一条路都无比艰辛，但是你没得选择，这很不公平，但事已至此你问老天为什么凭什么没有意义，只有承担，因为所有的逻辑、道理、人情甚至法律，在人命面前都显得苍白无力。

你的当务之急是要帮女朋友养好伤，帮她尽可能适应新的生活，这可能需要花一年、两年甚至更长的时间，而这之后，你有权利过自己的生活。当然这一生你都会背着沉重的十字架，可是你要尽力地往前走。

说句题外话，比起被渣男渣女伤害的危险、疼痛，我们每一个个体因为私生活而被公众在道德法庭审判的危险，才更大。

至于那些天天和男友、女友上演分手、和好、再分手戏码的人们，比如五星瓢虫和他的女友，我没有特别想说的，因为事情明摆着，你们的戏终究会有落下帷幕的那一天，时间而已，再过两个月还是半年？

反正，大家总会有筋疲力尽，或觉得索然无味的那一刻，那个时候也就是结束的时候了。可是，这些必经的过程你们躲不过去，所以我不是特别担心。

其实对于能作的人，我心里挺羡慕的，因为哭了、闹了、求了、表达了，做个 drama queen（作女）可能根本挽回不了什么，但是至少你发泄了，至少你让对方知道了你的喜怒哀乐，至少你留下了爱过的痕迹。

总好过我的一个奇葩女友，她苦恋一个艺术气质很浓郁的男子很长时间。她爱他等他，忍耐、坚持，但从不表达自己的绝望、脆弱、怨恨、恐惧，而对方就一直对她的痛苦视若无睹。

俩人在一起的时候，我的女友从来没有哭过闹过，分手后，除了一两首对方写的隐晦、含蓄的情诗以外，他们的爱情好像不曾存在过。可是我知道，他们爱过，也可能还在爱着。

我是个特别宿命的人。生命中的劫难我们可能躲不过，但我的底线是，我自己的错我认，别人的锅我不背。恋爱、分手、被劈腿、我渣、我被渣……这是恋爱、婚姻的常态，可是无论怎样，我们都不要用一个生命去惩罚另一个生命。

写下这段话的时候，我正在从北京飞往深圳，有一段时间飞机颠簸得特别特别吓人，真的有那么一瞬间，我挺害怕的——如果这是最后一刻呢？我的遗憾会是什么？

我从来都没有作过，我从来都没有在他面前作过。真的，我可以作，因为我能承受之后的一切结果，你能吗？

扫码收听鲁小胖的回信

这世上只有一个女人不需要“潜力股”

女孩子们，潜力股不常有，也不那么好找，有那工夫，还是先把自己变成潜力股再说呗。

Lisa 的来信

鲁豫姐，不知道你怎么看待另一半的职业。我遇到一个男孩子，他正在追求我，我挺喜欢他的，但是接受不了他的工作。他在夜店调酒，不知道是不是我太传统了，总觉得在夜店工作的男孩不太靠谱。每天身边围着那么多女孩，他的长相也很招蜂引蝶，感觉如果在一起，很没安全感啊。

我和他说如果真的想在一起，那就辞掉你的工作，换一个工作，然后在一起。他有点惊讶，对我说他很热爱自己的工作，也从来没有过混乱的男女关系，并不觉得在夜店调酒有什么问题，希望我能理解并对他加以信任。

我好纠结，因为真的很喜欢他，可我就是有职业洁癖，就是对卖房子的、卖保险的、在夜店工作的人无法接受。想知道我该如何是好，求解答，求偶遇，在线等，挺急的。

小萌的来信

鲁豫姐，你好。我想和你聊聊自己的故事，希望你能给我一些指点。我和男友在一起差不多一年了，是在毕业旅行中认识的，我们很聊得来。刚认识的前两个月，我们一直到处玩，他很体贴，一路上对我都特别照顾，人挺幽默的，喜欢电影，还会弹琴唱歌。当时同行的还有其他几个朋友，大家都很喜欢他。旅行结束后，我们一起回北京，同居了。我很快找了份工作，每天朝九晚五地上下班。他也找了份工作，可是没过两天就辞职了，因为觉得老板傻×。然后差不多有一两个月的时间，他都没怎么去面试，每天待在家里玩游戏、看电影。

我能看出他心里很焦虑，但还是因为这个问题和他争吵了，说我实在无法忍受一个男人成天无所事事的样子，觉得很没出息。这句话有点伤害到他了，他没再说什么，就拼命地投简历、找工作。可每次都过不了多久，就因为各种各样的原因离职了。其实他挺有才华的，就是特别理想主义，有点傲气，工作中一旦出现令他不齿的事，或是同事领导有一些他不能接受的行为，他就会辞职不干了。一直到现在，他还处于找工作的状态。

其实我能理解他的行为，但心里还是很不舒服，觉得这样特别不靠谱。尤其这一年，几乎所有生活开销都是我一个人在承担，心好累。他要是李安也就算了，可他不是。很多次我真的想放弃这段感情，但又觉得两个相互喜欢又能聊到一起去的人，走在一起挺不容易的，而且除了工作，他在其他方面都挺好的。所以我特别矛盾，感觉自己正陷在一团迷雾里，不知道前面的路要怎么走。

鲁小胖的回信

同事说，后台有很多人来信问，怎么样能找到一个可能是“潜力股”的男朋友或者是老公。可是，“潜力股”压根儿就是个马后炮呀。你看李安，也是在拍了《卧虎藏龙》，得了奥斯卡奖之后，才被人说，他当年蛰伏六年是需要多么强大淡定的内心，说他太太是多么有远见，愿意成就这个“潜力股”。

可见，李安是在成为李安之后，他的那些故事才被人歌颂的。所以说，“潜力股”只有在成为“实力股”之后，所谓的“潜力”“潜质”才会被认可，否则，顶多是怪异的特质。这个世界就是这么势利，我们就是这么势利。

当然，如果你买股票、买房子、投资珠宝啊，肯定是找那些有发展、能升值的。但，哪怕你学了各种知识、咨询了很多专家，赚和赔的概率依然很难说。那何况找男朋友，找老公呢？传说中的“潜力股”，根本是天方夜谭。可是，每个女人还是希望找到自己的那个“潜力股”。这个世上，只有一个女人不需要，也不允许自己的老公是“潜力股”，这就是英国女王伊丽莎白二世。

我这两天在出差的间隙看完了*The Crown*（《王冠》）第一季十集，觉得好看死了，而且我觉得英国上流社会的口音好听死了。我才发现英国女王真牛啊，她这一生在隐忍、循规蹈矩的背后，是真正不动声色、按自己的意愿、很任性地活着。当然，她只任性了一次，但足以贯穿一生。

当初，英国王室、政府都反对她嫁给Philip，因为他除了高、帅，还有那空空的头衔之外，什么都没有。他祖国的王室早被推翻了，他是坐着一艘橘黄色的货柜船逃跑的。可是，伊丽莎白就是迷恋他。结果呢，就嫁了。女王爱Philip，这是肯定的，绝对是爱情。当然，Philip也爱女王，但可能不是爱情，至少不完全是爱情。

不过，这不是今天的重点。重点是，做了女王的丈夫，你永远要在她的身后一步之遥的地方，你要在登基大典上对她下跪，你要放弃自己的姓氏随她的姓，你要放弃自我。所以，做女王的丈夫，哪怕你是潜力股，你也要压抑自己的潜力。于是，女王的婚姻，六十多年里，肯定有暗流涌动的时候吧，但是两个人可以相濡以沫到今天。

女王的例子太极端、太个别了，甚至没法从中得出结论，但是，我好像还是从中总结出了一些什么：当你不要求潜力，只要求陪伴，你会得偿所愿。现阶段的我，仍然觉得，如果碰到一个才华横溢的人，我会因为他的才华而爱他，而不是因为他的才华让他有可能成为“潜力股”而爱他。换句话说，你真的有才，又怀才不遇，我也不介意做那个 bread winner（养家糊口的人）。

好吧，刚才有点说梦话的意思。现实生活中，没有那么多李安，更多的是在夜店工作的 Lisa 的男友，还有那个内心根本就是个“受不了委屈的小公主”的小萌的男友。Lisa 该怎么办，小萌该怎么办？先说 Lisa。在夜店工作，的确也有干干净净的，可问题是，夜店的工作谈不上是事业吧？做，没什么；不做，也没什么。那不做又怎么了？可是，那么使劲儿在这个问题上较劲，只能说明一点，那就是你俩的感情好像没有那么深。至于小萌，其实不用我劝你，你们俩分手是早晚的事儿，性格不同不是问题，三观不同才是大忌。

女孩子们，潜力股不常有，也不那么好找，有那工夫，还是先把自己变成潜力股再说呗。我们也只能这样鼓励自己了。

明天会怎样，谁又能知道呢？

今天，如果你喜欢“李安”，你就做他的“林惠嘉”。想当年林惠嘉一个人赚钱养家，不是因为她觉得李安是潜力股，而是因为她爱着李安和她这个家。

扫码收听鲁小胖的回信

有个帅到心慌的男朋友是种什么体验?

人都是自私的，这是人性，不可怕，可怕的是对自己对别人双重标准。

肥而不腻的来信

小胖，我的问题有点傻，你别笑话。我男朋友太帅了，不高，但气场特强，平时不用收拾走在路上也有人看。

我本来挺自信，可是跟他在一起之后应了那句话：感觉自己哪儿哪儿都不够好。完全没有安全感。我承认我有点“外貌协会”，谁不喜欢长相顺眼的异性，对不对?

回归正题。人有高矮胖瘦，一个人的颜值也肯定有三六九等嘛。我也问过他，为啥不找个更好看的姑娘，他每次都回我说找不到合适的。(哥们儿这是开玩笑还是认真的我听不出来。)

最近突然有个闺密说，你看其他情侣都是最萌身高差，就我跟他走在一起是最萌颜值差。我知道她是开玩笑，可心里还是咯噔一下，好像一直埋藏的自卑萌芽发出来了。现在越来越慌，天气暖和起来了，又到露肉的季节了，我这个圆滚滚的肉身跟他挺拔的身材站在一起，一照镜子我自己都觉得不和谐（手动悲伤）。

减过肥，越减越肥，他看我饿得两眼发直劝我放弃。化妆什么的也会，怎么说，底子摆在那里。从淘宝买衣服，他是行走的衣架子，我是典型的买家秀，说多了泪。

之所以写这封信给小胖，是因为五一假期他爸妈可能来玩，来的话就要见面，我心里紧张到要死啊。他身边从来不缺少主动追求者，从小学到大学都是。而我可能是其中最普通的那个，想想就尿了，甚至不想见他父母了。

小胖，是我的心态有问题，还是现实就是要找个颜值配对的啊。回头看看，好像好女配丑男多一点，没怎么见好男配丑女的……我是不是没救了……

_0

Grady 的来信

小胖你好，我的爱情遇到一个坎儿，纠结许久不知进退，希望听听你的看法。

我和女朋友是大学同学，大二到现在整整恋爱三年，关系很稳定，性格都比较温和，很少像其他情侣那样吵吵闹闹。我本来有点野有点天马行空，是她教会我一个男生该有的姿态。她是个很体贴的女孩子，也很包容。

可是，她对我隐瞒了她的一些家庭状况。

去年我们一起毕业，我回乌鲁木齐工作，家里有产业让我管理。我是独生子,爸爸急切地要培养我的独立能力。女友家在四川，她原本说家里有两个哥哥，都毕业工作了，我没怀疑过。说好毕业之后双方父母先见一下，订完婚她就搬到乌市跟我一起住。可就在家长见面之前最后一刻，她跟我坦白说家里其实是四个哥哥，只有大哥上过技校，另外两个哥哥很早开始打工，最小的哥哥因为一场重病常年瘫痪，医药费是家里最重的开销。

很难描述我听到这些信息时的心情。有怨，有被欺骗的气愤，更多的是对两个人之间的坦诚和感情产生怀疑。说我对她的家庭经济负担没有一点排斥这是不可能的。以前她传递的是一个小康家庭背景，实际情况是贫下，这让我又气又急。恋爱可以不涉及双方家庭，我爱她就可以带她走或分担她的重担，但婚姻是两个家庭的结合。我父母听说了真实情况非常排斥跟她父母碰面，甚至迁怒于我女朋友,觉得她别有用心,觉得我在这段感情里受骗了。

她说她不是故意的,只是刚在一起的时候太自卑。我能理解她，但是，怎么说呢，很难当没事一样接受。

感觉我跟她之间的感情裂痕已经存在，我不知道还能否修复，更不知道怎样修复。三年的感情不是说割舍就能割舍的。她对我的爱我能感受到，我也舍不得她，可是掺杂着太多我目前无法调控的因素。我的父母拒绝继续订婚。平心而论，这毕竟直接关系到家庭财产的流向，我不可能完全脱离我的家庭，她又能脱离吗？小胖，我和她该怎么办？

鲁小胖的回信

今天我有两个问题：一、肥而不腻的男朋友到底有多帅；二、Grady 家到底多有钱。

真的，肥而不腻，你男朋友到底有多帅呢？也没张照片。

我是越来越不相信别人的判断了，比如，大家都说好吃的馆子，我几乎吃一次失望一次；再比如，据说人人都在追的热播剧、电视节目经常看得我特别困惑，不知道是我有问题呢，还是我看到了假的评论呢？所以，关于你男朋友帅到令你担心会失去他，我只能保持审慎怀疑。

再说了，帅不帅有那么重要吗？反正对我不重要，真的。你们爱信不信。从小到大我没有暗恋、单恋、明恋过任何帅哥。刚才我又仔细回顾了我乏善可陈的历史，确认自己的确没有交往过或迷恋过传统意义上的帅哥。

帅，对我不构成吸引力，它仅仅是附加值是选修课，影响不了主旋律。才华呀、幽默感呀、担当、眼界等等，才对我有着巨大的杀伤力。稍等一下，刚才那些话，句句发自肺腑，但是这么一说出来我怕你们会觉得假。我就是觉得，再帅再美，看多了也就习惯了吧。当然，也有一种可能，就是的确没有帅哥追过我。其实，一个除了帅再没有其他优点的男人一点都不可怕。一个帅还拥有以上我提到的一两点特质的魅力男人，就比较难办了。当然，不论你男朋友属于哪一种，都有可能被外面不知深浅的女孩惦记，不怕贼偷就怕贼惦记，所以理解你的危机感。

可又能怎么办呢？爱情吧，你只能敞开大门，来去自由。不然你能怎么样？总是 Hope for the best，prepare for the worst.（抱最好的希望，做最坏的打算。）只能如此。至于减不减肥，这应该是你为自己做的事，不为任何人。

退一万步想，你男友真的因为太帅被别人抢走辜负了你，你只能这样安慰自己——人生早晚都要伤心，那被一个帅的伤好过被一个又丑又作的伤吧。

然后聊聊 Grady 的信。Grady，你的信我读到前百分之九十五的时候，都坚定无比地站在你这边。我觉得撒谎是件特蠢的事，一个谎需要无数的谎来圆，智商不够的人千万别试。

你女朋友不够聪明却有些小心机，我就不喜欢了。可是你最后一句话又把我说烦了，你说："这毕竟直接关系到家庭财产的流向。"至于吗，你是有多大的家业啊，我要是你女朋友，听到这句话，在你嫌弃我之前我就先嫌弃你了。可是话又说回来，你们俩倒是挺般配的，两个彼此相爱的人——你是这么说的——居然还在彼此算计，各怀心思，各留余地，你们不是绝配是什么？人都是自私的，这是人性，不可怕，可怕的是对自己对别人双重标准。

Grady，我不看好你们，一个不独立、没有话语权、不能左右自己生活的人，怎么可能主宰自己的爱情呢？或者，爱情对你并不重要，家族的财产顺利交接到你的手里才是你的梦想，所以你得问问自己，你到底要什么？

扫码收听鲁小胖的回信

那些在人前狂秀恩爱的男人们

如果在谈恋爱期间就要面对这样的谎言，我无法想象未来的日子要跟这样的人生活。有些人、有些事是你无论多么努力都无法赢得的。

漫漫的来信

鲁豫姐你好，我叫漫漫，是一名幼师，我和男朋友已经恋爱一年多了。今年十一假期我和男朋友在日本旅游，玩得挺愉快，在景点我们拍了很多美美的自拍。其实我觉得把情侣自拍 po 到朋友圈秀恩爱有点“虐狗”的嫌疑，但是男朋友却主动把我们的各种自拍发到他朋友圈里，还说：“和老婆去日本啦！幸福圆满的国庆假期！”看到男朋友这么爱我，我心里也是甜甜蜜蜜的。

这是我们第一次出国行，男朋友表现得格外细心。在龙吟吃饭的时候，他主动帮我拌好食物，我被烫了嘴巴，他怒骂炸猪排

“怎么这么烫”哄我开心。在免税店还帮我父母买了国内大热的智能马桶圈。

其实，男朋友是一个嘴巴很甜的男人。我们在一起的一年多时间里，他一直在公开场合喊我“宝宝”，大家也挺羡慕我们郎才女貌。但个中滋味，只有我自己知道。

他不论承诺多少，兑现的却很少。有时候我甚至觉得他好像没有和我结婚的打算。他家是某三线城市做房地产开发的，他是家中独子。按说结婚给他造成的经济压力不大，但每次我旁敲侧击地问他什么时候可以给我“交代”，他就推说现在手头紧想先挣钱，然后再给我一个很棒的梦幻婚礼。总之许诺得很好，说最好的一定需要耐心等待之类的话。我就语塞了，次数多了也不免起疑心。

引发我的愤怒的是另外一件事。前几天，我无意间（好吧我承认是故意翻他手机了）点开看了他的朋友圈列表，发现他在和一个比我年纪小的姑娘聊骚，想约她出去玩儿，说什么天天面对同一个人真的太无聊了。我一看时间，正是这几天的假期。我不死心又点开看他的分组，结果发现他分了一个叫“放心”的组，里面基本是我的父母、我的朋友和我。意思是，所有的秀恩爱都只是给我和我的圈子故意“秀”的？

太绝望了，为什么他表现得那么爱我，却要勾搭别人，这是什么心理？ 17 日我们就要回国了，我该怎么面对剩下的旅程和一个虚伪的爱人！

鲁小胖的回信

漫漫你好，我现在在机场等着坐飞机要回北京，长假结束了。很抱歉，因为在机场，可能一会儿会有广播，背景会比较乱。

看了你给我的信，我的第一反应就是，我这辈子最恨一种人，就是那些吃着碗里的看着锅里的，家里面、外面到处留情，我很讨厌这样的猥琐男。其实我对你男朋友还没有那么了解，可是我怎么觉得已经看到了一个猥琐男的潜质了呢？

我先问你一个问题，你是特别特别爱他，如果不跟他在一起、没有他、不能够嫁给他，你就活不下去、痛不欲生吗？如果是，那你就忍着，假装一切都没有发生，你眼里必须要揉沙子。如果不是，请你直面他。我要是你，以我的脾气，我就会直截了当地问他，我们俩谈恋爱谈了一年多，现在我们在过甜蜜的二人世界、我们在度假，你跟别的人发这种不清不楚的微信，请问是什么意思？我可以直面惨淡的人生，鲁迅先生这句话我一直记得很清楚："真的勇士敢于直面惨淡的人生。"真实的事情再残酷，你告诉我，我都可以接受。但是我讨厌别人骗我，骗我一次是我傻，不能骗两次。所以我是你，我会问他，听他的解释。

但是有一点你必须要明白，每一个人都有他为人处事的方法、习惯。这个习惯很难改变。原谅我内心略有一些阴暗。但是一个人做了一件错事，未来他极有可能犯相同相似的错。所以将来也许你们如愿结婚了，可能过一年、两年，你会发现他跟别人还有这样暧昧的关系，你愿不愿意承受这个风险？这是有可能的，不是我吓唬你。

假期已经结束了，该是两个人一起直面真实人生的时候了。如果在谈恋爱期间就要面对这样的谎言，我无法想象未来的日子要跟这样的人生活。反正结婚的事你先别想了，他即使愿意你都不能嫁给他，他是个什么样的人你都没搞清楚呢。可能未来你还会明白，有些人、有些事是你无论多么努力都无法赢得的。好不容易过了长假，大家心情都挺好的，但你的长假会有点堵心对吗？没事，堵几天没关系，只要不堵一辈子就行了。

扫码收听鲁小胖的回信

三个人的爱情，未免太拥挤

爱情是两个人的战役，你得找一个势均力敌的对手，一个和你一样，尊重和遵守同一个游戏规则的人。否则，胜了也是胜之不武；输了，那你只有吃哑巴亏。

读者的来信

鲁豫你好，叫你鲁豫姐我会觉得有点生硬的亲切。我很喜欢你的节目，喜欢你的谈吐，亲切而自然，简单明了而且大方，是我最喜欢的主持没有之一。

给你发这个邮件是有一些情感上的困扰，想跟你倾诉一下，希望你能给我一些不一样的看法。

事情是这样的，我二十五岁了，喜欢上一个大我二十四岁的男人。我们认识没多久就发生了关系，然后开始交往。

他是香港人，从小在英国长大。我们认识的时候他就说过他还有一个三十七岁的女朋友。可能有人不理解我为什么要跟一个年龄差距这么大的人在一起？为什么他有女朋友，我还愿意这样？但是感情的事情，我觉得任何人都说不清楚。

我现在的困扰是不确定他对我是否真心。

平常我们见面就在固定的酒店，电话联系也不多，每次打电话他都几乎不能马上接到或者马上回复给我。后来说了他一下，他慢慢会主动打给我，但也是简单地问候一下，他说他不是一个爱表达的人。

打电话给我好像都是在室外和他开车的时候比较多，他说他比较忙，我朋友都说他一开始可能就在欺骗我。我们在一起才四五个月，平常在一起时，他电话几乎没断过，也经常抱着手提电脑回复邮件什么的。

是不是很明显我太天真了？

跟他抱怨过，他说工作之外的时间几乎都给了我。他是那种工作认真谨慎的人，就连跟我约会除了客观原因也没有迟到过一次。我喜欢他的也是这些，成熟稳重。

鲁豫你说我要怎么处理这些困扰？要相信他吗？

鲁小胖的回信

如果我是你爸妈或者闺密，现在估计急死了，因为眼睁睁地看着你爱上不靠谱的人。不说不行，但说了也没什么用。因为爱情就像是得了感冒或者发烧，你吃不吃药都得至少七天才能痊愈。只有让它自己 run its course（自生自灭），着急也没什么用。

当然如果我是你，还是那个观点：明天的事明天再说，今天该爱的话你还是得爱。但是，你得有个思想准备。你的这段爱情道路曲折、前途黯淡，因为爱情是两个人的战役，你得找一个势均力敌的对手，一个和你一样，尊重和遵守同一个游戏规则的人。否则，胜了也是胜之不武；输了，那你只有吃哑巴亏。

你们俩力量相差悬殊。当然理论上讲，爱情里年纪、贫富，都不是问题，可在现实生活中，这些都是问题。一个五十多岁的男人，他的人生经历你无从了解、无法想象。除非他给你最大的爱和诚意，否则想要应付你，轻而易举。我不愿意用恶意去揣测别人，可一个人如果有那么多的欲言又止、语焉不详，连个电话都不能随便打，他以为他是谁呢，这样的人真的不能要。

所以你面临的最大的问题就是——他不够爱你。我看了又看你的信，他唯一的优点居然是准时，那我从来都准时，我们家阿姨从来都准时，去机场接我的司机也特别准时。准时当然是优点，但如果准时成了爱情的理由，我岂止担心，简直同情你。

还有，你们的关系当中目前有三个人，这也太拥挤了吧。他没有婚姻，没有孩子，只要处理得当，重新选择是顺理成章的事情，但他居然维持现状，这样的做法挺渣的。其实这世上无所谓渣男或者渣女，但是如果你不爱了，或者不够爱，却还要敷衍甚至欺骗，那就是渣。你可以不爱，但你不可以渣。

我采访叶嘉莹先生，她的爱情观是“不遇天人不目成”，意思就是在你遇到那个最对的、最好的人之前，你的目光不会随便停留在任何人的身上。

祝你在爱情里有不退而求其次的勇气，也祝你能够找到那个爱你和你爱他一样的人。

扫码收听鲁小胖的回信

与比自己小的男人在一起，会幸福吗?

年龄大小真不是问题，爱不爱才是关键。如果你足够爱他，那我就支持你坚持下去，直到感情自然而然走到它最后那一刻。

小雪的来信

鲁豫姐你好，我叫小雪。我有一个困惑，总觉得男朋友比我小很多，心理不成熟，考虑事情不全面。

刚开始他追求我，我是拒绝的，因为他比我小四岁，是他的坚持和贴心打动了我，我才消除芥蒂跟他在一起。

刚认识的时候他还敢说要娶我做老婆、照顾我一辈子，可是前段时间他说家里要投资，近几年肯定结不了婚，因为钱都拿去投资了，要结婚也要五六年以后吧。

他说得那样轻巧，那一刻我的心都凉了。

五六年后我都三十岁了，他却告诉我，他那时候也二十六岁了，他也不确定家里会不会同意让他找一个比自己大四岁的女人。

而他也不和我说分手，让我自己考虑，他怕等到最后，却给不了我想要的婚姻。

我不知道为什么会这样子，他以前不是这样的，怎么会像个孩子一样说变就变呢？鲁豫姐我该怎么办呢？还要坚持吗？女人跟比自己小的男人在一起，会幸福吗？

鲁小胖的回信

小雪你好，刚才和团队在讨论你的问题，大家都问我会不会找一个比自己小的男朋友。我觉得年龄好像真不是问题，心智成熟与否才是关键。

不过你的问题其实和年龄真的没什么关系。虽然我从来都不认为婚姻是每一个人这一生都要经历的，我也不认为没有婚姻的人生就不完整、就不幸福，但我还是认为一个男人对一个女人最大的承诺，就是娶她。如果你的男朋友跟你在一起连娶你的勇气和打算都没有的话，那真的，他就是不够爱你。

你的这个男朋友他太小了，他是个小孩，不仅仅是年纪小，还在于他心智不成熟，他都不知道自己想要什么。还有就是，他对你的爱情的确没有那么坚定。

小雪，你爱他吗？我只能从你的字里行间找一些线索。我的感觉是，你爱他但没有那么爱，你唯一的纠结在于五六年后你都三十岁了，是你的不安全感在作祟。

可是，我只会为我爱一个人而嫁给谁，我不会为了我的安全感而嫁给谁。

小雪，我不知道你生活在哪个城市，我只能告诉你，在北京，一个三十岁的女孩，她的人生也才刚刚开始而已，还有无限的可能性。现在你也就二十四五岁，你能够确定三十岁的你还会爱着这个男孩吗？因为你会成长的。

还有一点，小雪，恕我直言，从我看到的这些蛛丝马迹当中，这个人有一点点渣。他的渣就在于，你可以不爱我，你可以不够爱我，但是你不可以漠视我的痛苦忽略我的感受！要杀要剐你给个痛快话。我特别受不了别人这么模棱两可地拖着，让这段感情自生自灭，自己不需要做出任何的选择，不需要负上任何的责任，这一点我真心受不了！

综上所述，年龄大小真不是问题，爱不爱才是关键。如果你足够爱他，那我就支持你坚持下去，直到感情自然而然走到它最后那一刻；可问题是他没那么爱你，你也没那么爱他，那我看这事就算了吧。

扫码收听鲁小胖的回信

你认为，女人最不能容忍男人的地方是？

因为爱情的分分合合，完全取决于此时此刻此地你的心告诉你：你要怎样，于是你就怎样，这就是最好的、唯一的决定！

暖暖的来信

鲁豫姐你好，我叫暖暖，是一名大三的学生，我和男友已经恋爱三年半了。

高中时期，男友是一个上进的人，学习也挺好的，最重要的是他特别贴心，每天早上都会给我带早餐；每当我心情不好的时候他都会变着法地哄我开心，在朋友面前大秀恩爱。

高考结束后，我考到了当地的一个二本学校，而男友高考失利，在天津上高职，他总觉得自己怀才不遇。

上大学后，我们的话题越来越少，争吵越来越多。而且他对我承诺了许多，兑现的却寥寥。

现在我们都大三了，每当我问他对未来有没有什么规划时，他只会说不知道，没想过。

我觉得他现在不上进，每天都窝在宿舍里。目前我准备考研，我不知道我们有没有未来。

鲁豫姐，请你告诉我，在这场恋爱里，我是该继续还是该结束？现在真的好纠结。

鲁小胖的回信

暖暖你好，我想你已经有了决定了，之所以来问我，唯一的目的就是希望我的回答能够坚定你的信心，离开你的男朋友。

我支持你的决定，因为你喜欢的是当初那个天天给你买早饭，好好学习、天天向上的男孩，你没什么不对。那至于你男朋友，也没什么不对，我还挺同情他，年纪轻轻的就经历人生一次挫折。换做是我的话，高考失利之后估计也会消沉挺长一段时间。

你的男朋友是不是上进我不知道，我所看到的就是一个普通平凡的男孩。

话又说回来了，上不上进有那么重要吗。这世界不缺上进的人，这世界缺的是快乐的人。而且你要知道，上进是一件挺奢侈的事情。你只有给我一个舞台和机会，我的上进才有可能被你看到。那我就打一份普通的工，拿一份普通的薪水，过一个普通的日子，我的人生就没有意义吗？

所以你们俩的矛盾，不在于你上进他不上进，而在于你们俩的三观不一样。

小时候谈恋爱，谁要是跟我讲人生观、世界观、价值观，我会在心里翻无数个白眼。可现在我明白一段情感能否长久，两个人相处是否愉快、和谐，除了志趣相投、审美一致，能一起享受、忍受生活中所有的琐碎、平淡之外，归根到底要看三观是否一致。

而现阶段，你们两人显然有太多的不一样。最关键的是，在现阶段你们没有能力去改变各自的生活，更不要说去改变对方的人生。

而且你要问问你自己，你有没有耐心等他成长，等他经历过这一段颓废的时期，重新回到那个健康、乐观、积极向上的你喜欢的那个男孩。

但是，太可惜了，因为你年轻，你着急，你等不了！所以你们俩只能遗憾地在今天错过彼此。

但是，暖暖，我还想对你多说两句。不管今后发生什么，你都不要对你此时此刻做的这个决定后悔。因为很有可能若干年后你发现你自己就是一个平凡的女人，对人生没有太多的要求，那个时候，不要对今天后悔。

若干年后，也许这个被你看作不思进取的男朋友，会变得非常成功，那个时候，你不要对今天后悔。

因为爱情的分分合合，完全取决于此时此刻此地你的心告诉你：你要怎样，于是你就怎样，这就是最好的、唯一的决定！

我从来都相信，已经发生的，就是唯一可能发生的！

扫码收听鲁小胖的回信

我不在乎你给我多少，而在乎你是否尽你所能

钱不是关键，分享、分担才是，没搞明白这个问题的话，和年龄无关，只和爱与不爱有关。

读者的来信

我自己硕士，女朋友本科，在同一个学校。

她家里条件比较好，我自己家庭一般。读研期间有导师发钱，也不会和家里要钱了。每个月大概一千五，会有几千的奖学金啥的。

和女朋友相处的一年多时间里，绝大部分出去约会、吃饭、旅游都是我付钱。女朋友偶尔会付一次饭钱。

其他看电影、喝咖啡什么的，也绝大部分都是我掏钱，女朋友也是这个意思。一年不到，星巴克也到了金卡会员。

说实话，我原来不会去星巴克，但是女朋友喜欢，所以也就陪她去……让我有点不理解的事情是：

1. 比如我们在学校食堂吃饭，女朋友会刷我的卡。我觉得一顿也就五到八元，为啥也要我帮你出呢？有一次她又问我要卡，说她自己卡里没钱。我说你不是不久前充钱了吗，你刷了试试看，没有的话我给你刷。最后看到她卡里有钱。

2. 我们在学校或在外面溜达的时候，她突然要喝东西，比如奶茶，或者去超市买吃的什么的，也想让我付钱，我有时候不能接受。

有时候吵架说起这个，她就说男女出去约会，男的就应该付全部的钱，包括奶茶，甚至公交、地铁……我不懂这是什么理论。

有时候我们吵架，她会说我们的价值观不同，说我小气、计较。可是我真的付出比她多。

她总是说我连十块钱的奶茶或者二十块的甜品都不肯付，我就问她，难道女朋友的一切开销都要男生承担吗？

她说当然了，说我这些小钱都不愿意给，以后结婚她肯定更加不会幸福。难道男女交往的花费就该男生承担？是我的价值观出了问题吗？

鲁小胖的回信

Hello，这位男同学，我先自我介绍一下，我是这样一种人，我是个特别讲道理的人（在这里讲道理是个形容词就是reasonable），但我特别讨厌讲道理（讲道理在这儿是动词）。

我喜欢男人讲道理(形容词)，但我讨厌男人给我讲道理(动词)。如果这个男人还是我的男朋友或者老公的话，我尤其讨厌他跟我掰扯道理。你能听明白吗？如果没明白的话麻烦你从头再看上几遍。

So you are getting on my nerves，你有点踩到我的尾巴了。但你别害怕，我们就来讲讲道理！

恋爱、婚姻这种事儿，真的，基本没道理可讲，就算你讲得再头头是道，最终还是全凭感受。一旦讲起道理，我的感觉就是这种日子好像没法儿过了。

你千万别以为像我这种作的女生可能是比较少的。人生真的有漫长的柴米油盐的日子，所以学生时代不食人间烟火不仅正常，而且必须，可你们现在已经天天锱铢必较了，我是真的有点受不了。

问题是，你没有错，新女性什么自尊自爱、独立自强当然是必需的，那恋爱中的男孩女孩轮流请客、吃饭、付钱当然没问题。

可是，男朋友在力所能及的范围之内买单，也是一种绅士风度，所以你们俩都没错，错的是你们俩不合适。

我越来越相信爱情除了两情相悦、彼此看对方顺眼，还应该彼此三观一致！我看你列举了你女朋友的一些所谓罪状，包括什么吃食堂、看电影、喝咖啡、喝奶茶、坐地铁什么都不付钱。如果这些超出你的能力，如果你还有家人需要照顾，你有弟弟妹妹的学费要负担，那她就真的是不懂事，那这样的女孩不要也罢。

如果不是，如果你负担得起，你买个单又能怎样呢？

在我看来，大方的男人很有魅力，而大方的定义是什么？就是我不在乎你给我多少，而在乎你是否尽你所能！真的，你们俩都没错，就是不合适！

我想问一下，你很爱你女朋友吗？

我之所以这么问就是因为我觉得我没从你的信里感受到。如果没那么爱的话那就别计较了，分了算了，找一个和你对生活、对金钱有相同看法的人，这样比较靠谱。

那如果爱，可问题是我真不觉得你有多爱她。好，就算你够爱她，那你就更没什么可计较的了！一张什么星巴克金卡银卡，能换一个大活人，那也可以了吧！

我想跟你说一点，琐碎的生活当然是有意义的，但我一直拒绝被生活变得琐碎，你能明白吗？

有钱我觉得挺好的，没钱也肯定死不了。有钱的话我愿意和爱人分享，没有钱那我心安理得地花人家的钱。

钱不是关键，分享、分担才是，没搞明白这个问题的话，和年龄无关，只和爱与不爱有关。

扫码收听鲁小胖的回信

皮特和朱莉离婚了，但我依然相信爱情

可能爱情真的是短暂的，是有期限的，也正因为它短暂、有期限，所以它存在的时候才显得无比珍贵。

Cassie 的来信

鲁豫姐，你好！我是 Cassie，也是你的忠实粉丝。先来说说我的困难吧。

我的男朋友比我大十岁，离过婚，有个儿子。我今年二十五岁，大学毕业一年多。家里人知道我们俩恋爱，反对我们在一起，用各种方法对我：哭、闹，还有言语的伤害。

因为爱情，我实在放不下我的男朋友，但是又不忍心家人为我伤心，现在的我过得真的好痛苦，不知道该怎么做。我男朋友虽然比我大十岁，但是他看起来就像二十七八岁，别

人都这么说。关键是我们真的很相爱，不想放弃彼此。鲁豫姐，我该怎么说服我家人？

叶霖的来信

鲁豫姐，你好。我憋了好长时间的一个感情困扰，实在拿不准。

我在读大一时认识了我的初恋，他是同专业的学长，为人很可靠，对我无微不至地关心。我们在不同校区，恋爱时他每天叮嘱我吃早饭，每到假期都先给我订好回家的火车票，冬天的时候每到晚上都跑来给我暖瓶打好热水送到宿舍楼下。后来他先毕业开始工作，我们开始两年的异地恋。其间我们到过彼此家里见过父母，双方父母的意思是等我毕业就可以考虑结婚了。

我那时真的对未来很期待！

可异地恋谈着谈着，可谈的越来越少。他的工作我不感兴趣，我生活里的事也得不到他的共鸣。渐渐地，我就不想接他电话，因为真的没什么可说的！去年，我毕业了。俩人一见面，好陌生，他牵我的手都感觉不自然。想到我即将面对的就业压力，想到将来很可能还要继续的味同嚼蜡的异地恋，想到双方父母的结婚期待，我又烦又怕！

最后，我作了，假装看不见他的痛苦，跟他提出分手。可是，分手后的这一年里，我真的、真的越来越感受到对他的思念。我无法再喜欢上别人。我知道他是那种不吃回头草的性格，可我真的后悔了，我想追回他。我想尽办法联系他，直到有一天，我一位朋友告诉我：他有女朋友了。

我忘了听到这消息时的感受。鲁豫姐，这种情况下，我还应该努力挽回他吗？

鲁小胖的回信

抖森和霉霉分手了，大家好像都盼着这一天，一副欢欣鼓舞的样子。我只觉得可惜了抖森，声音又好听、样子又迷人、腿又长。

我不是他的粉，也跟着一帮女朋友起哄说迷恋他。这么高大上的一个人，因为和霉霉三个月的高调恋情，一下子变得好像无趣了、不神秘了、没光彩、不性感、不高级了。然后又传来Angelina Jolie和Brad Pitt分手了，这的确是我没有想到的。

演艺界如果寻找相对稳定、幸福的婚姻，我一直认为是他们俩——只有他们俩。因为他们是相爱的——好吧，曾经相爱。

他们之间真的有chemistry（化学反应），而且样貌般配，旗鼓相当，始终一起进步。我想象不出还有谁比他们俩更适合彼此。说得俗一点，我想象不出还有谁比他们俩更配得上彼此。

可他们俩也分手了。原因谁知道呢？但种种的原因归根到底，就是支撑一切、让一切顺理成章的情感不在了，不足够了。

抖森离开霉霉，找到更靠谱的长久幸福的机会很大。那霉霉呢，会一直恋爱，但是能不能幸福很难讲，因为她太年轻，还太作。至于 Angelina 和 Brad Pitt，他们离开彼此，两个人各自拥有正常家庭生活的可能性我不是特别乐观，因为他们已经是几乎站在山顶的人了。

同样身处顶峰的人不多，当然，你往山下看也是一种选择，但那绝不是最好的选择。这不是势利，现实如此。

昨晚我的一个闺密群里，有女朋友就起哄说皮特不错啊，让我冲。然后另一个赶紧说不好，六个孩子呢!

我当时就乐了。人长大了就是这样，即便是在开玩笑的时候也摆脱不了冷静理智的分析，但是我已经接受。生活就是如此，一点点拿走我们的浪漫、天真和不顾一切。昨晚到现在，没有人提到 Brad Pitt 曾经的女朋友 Jennifer Aniston。她也已经结婚了，但是我一直不认为她深爱她的老公 Justin Theroux。

我讲这两个最近的娱乐新闻是想传递以下的信息：第一，情感中绝对有世俗的条件、标准存在，比如金钱、地位，等等。爱情存在的时候，这些条件通通都隐到看不见的地方。爱情一旦消退，它们会来决定一段情感和婚姻的生死。

还有一点——爱，千万不要强求。如果你深爱一个人，不要和别人去争、去抢、去求，该放手的时候放手。这绝对不是高风亮节，而是你看看四周，越来越多的婚姻、relationship（恋情）都无可避免地有了期限，那你不妨让它自生自灭，就当是耐心等待。

比如说 Jennifer Aniston，谁能说她的婚姻一定稳定？谁能说她和 Brad Pitt 的人生在未来没有交会的可能？

我说这些，是要说给正苦恼着要不要追回初恋的叶霖听，也要说给正苦恼着要不要爱一个大自己十岁的单身父亲的 Cassie 听。希望你们能够听明白了：叶霖，你一定不要强求，因为求不来。但是，不妨先耐心地等一段时间再说。至于 Cassie，现在爱，你就继续爱，但是不要着急结婚，再看看自己的爱情是否能够抵御那些世俗又真实的标准，关键是要看能抵御多久。

就像李健有一首歌里唱的那样："如果不能陪你到最后，是否后悔当初我们牵手。如果我能陪你到最后，是否原谅我曾经放开的手。"

我想对叶霖说，对 Cassie 说，对所有的人说：可能爱情真的是短暂的，是有期限的，也正因为它短暂、有期限，所以它存在的时候才显得无比珍贵。

所以，大家还是相信、期盼爱情吧。

扫码收听鲁小胖的回信

经不起考验的友情、爱情，就让它自生自灭吧

生活中，我们每一个人和好朋友、好闺密应该是轮流当主角、配角，你是主角时我来配，我主时，你配，这才是友谊！

牛妞的来信

鲁豫姐你好，我是一个金牛座的女生，害羞、内向，只谈过一次恋爱。我有一个好朋友，她是狮子女，活泼开朗，不管男生女生都很喜欢她。她也算是情场上的小高手，身边男生总不断。我们认识很多年了，从学生时代起就是闺密。

前段时间，我们在聚会上认识了一个男生，他干净、温暖，笑起来像太阳，我一向害羞不太会聊天，但这个男生竟和我有很多共同爱好，我们聊得很开心，我觉得，我喜欢上他了，似乎，就是传说中的一见钟情。

那次相聚后，我和那男孩交换了微信，这段时间，我们经常会聊聊天。前两天约狮子女闺密吃饭，本想鼓起勇气告诉闺密我喜欢上那个男生了，让她帮帮我，可闺密一开口，我的话就咽回了肚子。

原来，闺密也很喜欢那男生，她要行动了，一脸兴奋的样子。

我们从没同时喜欢上一个男生，我很失落，她身边有那么多男人，为什么偏偏跟我抢?

这一次，我想请她让给我，可又觉得爱情不是货物，不能说让就让吧，也担心这一次她是认真的，我们的多年友情会因为这个男人而被破坏。

这么多年，我们同时喜欢上衣服、包包或者其他的，我一定让给她，可是这是爱情啊，我不想让，但我却不知道该怎么开口。

鲁豫姐，我该怎么办呢?

鲁小胖的回信

Hello 牛妞，在操心你的爱情之前我得先操心一下你的友情。我看过大概一百遍《西雅图未眠夜》，或者也翻成《缘分的天空》吧。

这是我最最最最喜欢的电影之一，即便已经看了无数遍，但昨天晚上还是看哭了我。梅格·瑞恩扮演女主角 Annie，她身边有一个闺密，是美国以前一个女主持人 Rosie O’Donnell 扮演的，她当年比 Ellen DeGeneres 还要火。

她们俩的组合是电影中的标准配置，就是女主角负责美丽可爱、谈情说爱、推动情节。然后女主角身边会有一个好朋友，这个人的样貌普普通通，但长得有喜感，特别有观众缘，负责幽默、好玩，然后全身心支持爱护女主人公，从来不抢风头。

我特别喜欢这种“chick flick”——女性电影。而且我相信所有的女观众包括我，在看这种电影的时候，总是想象自己是女主角，从来不会想象我要当那个女朋友，这是每个女性的心理。

问题是那是电影。生活中，我们每一个人和好朋友、好闺密应该是轮流当主角、配角，你是主角时我来配，我主时，你配，这才是友谊！

所以，比起操心你的爱情，我其实现在更担心你的友情。

你已经在怀疑，你和狮子女之间的友情，因为你已经不甘心永远只当好朋友而不是女主角。让衣服让包是一回事，让人是另外一回事。而且，对一个女性来说，衣服和包也很重要啊！我和闺密就常常买同样的东西。既然大家都喜欢就都用，有什么关系呢，干吗要让呢？当然我明白，东西可以分享，人不可以分享。

你和狮子女之间的友情是很单向的，至少通过你跟我描述的，一直是你在付出，你在容忍她，这已经让你心有怨言了。这次，暖男事件不处理的话，男孩、闺密，你们俩最后可能鸡飞蛋打！所以，你们得尽快地谈一谈。

关于爱情的标准原则我以前说过，我再强调一下，爱情其实没有什么道理或标准，甚至因为人的情感太复杂、太细微，连对错有时候都无法去评判。

但是，有一条无论如何不能碰触，那就是：好朋友的另一半，绝对绝对不可以抢！请在这句话的后边加四个惊叹号。

但是，你和狮子女之间只是同时喜欢上一个男孩而已，人家男孩喜欢谁还不一定呢，所以这谈不上在抢谁的男朋友。那首先你和狮子女谈一谈，你得告诉她，你也喜欢这个男孩。

第一，狮子女没有像你那么喜欢这个暖男；第二，狮子女可能挺冤，她根本不知道你的想法，就像你让包让衣服，你自己觉得特别委屈，特伟大特高尚，但人家可能根本不知道在夺你所爱；第三，最关键的一点，男孩喜欢谁才是重点，你们俩谦让还是抢破头，最终还得看人家，所以你们得尽快开诚布公地聊一聊。

我建议谁更喜欢那个男孩，那另外一个人就自动退出，反正我和我的闺密一定会这样做。因为，好男人固然值得珍惜，但好的友情同样弥足珍贵。

另外还有一点，比较重要，你们俩要掌握分寸。谦让也要有理有礼有节，因为好男孩的确是稀缺资源，不能白白地便宜了外人，肥水不流外人田。

无论爱情、友情，都需要双方平等付出。我相信物竞天择，适者生存，情感也是如此。真爱长存，其他的，所有经不起考验的友情、爱情，就让它自生自灭吧。

扫码收听鲁小胖的回信

我爱你的这一刻，就是我和你的天长地久

每一个人，从长大成人那一刻起，就是一座孤岛。是血脉、友情、爱情、共同的兴趣、事业，甚至利益，把一座座孤岛连接起来，才让孤独的人生有了些意义。

坦克的来信

嗨，鲁小胖，我有一个经常会消失的女朋友。我们在一起五年，生活在北京。她很自由——职业自由，性格自由，做任何事都随心所欲。在我们共同生活的五年里，她几乎平均每两个月就会出去旅行一次，有时一个礼拜，有时半个月，也有一两天的那种，比如没事儿就去秦皇岛看海，或者去大连跟朋友看个球。超过一个星期的旅行，她会提前跟我说，还问我要不要一起去，但我不是自由职业者，得朝九晚五地上班，于是她就自己去玩。

前几天早上，我一睁眼见她不在，打电话没人接，发微信没人回，一直到下午六点多她才回复说刚睡醒。问她在哪，她说在北戴河。问她为啥跑去北戴河，她说因为邻居装修太吵，她就临时买了张火车票跑到海边的小旅馆里睡觉。睡醒后她又买了张火车票回来。她这样我特别没有安全感，总感觉我的女朋友随时都有可能消失不见。但她说我想多了，说其实她很在乎我，只是爱情在她的世界里没有被排在第一位。可是爱情在我的世界里永远都是第一位啊。我经常感觉我们是两个世界的人，感觉日子没什么盼头。可是我很爱她，想和她有未来。鲁小胖，你觉得像我们这样的两个人，有共度一生的可能吗？

鲁小胖的回信

最近，我一直在认真地反省自己。我的众多问题之一，是凡事举轻若重。对工作而言，算是好事儿吧，因为认真啊。但对生活而言，那简直就是噩梦。我以前对此是理直气壮的：我这样活着当然累，但我只折磨自己，我不折磨别人啊。

怎么可能呢。

当一个细腻、敏感、不善表达、缺乏自信的 AB 双子——比如我——爱上一个人的时候，她怎么可能不放大情感世界中每一个细小的表情、对话、情节，以及她想象中更多的、没有说出口的潜台词，没有发生但暗流涌动的、早晚要发生的人生悲喜剧呢？我想，我只是一直自虐同时又虐人而不自知吧。

难怪那天我的一个朋友骂了我快一个小时，总结起来一句话："你呀，就是内心戏太多，你的所有想象和现实完全是两回事儿。"我当时特别认真地听着，看着她，觉得既委屈，但是又感觉茅塞顿开，心里又有些踏实，因为一切还不晚。

在爱情中，我们都来自不同的国度、不同的世界。即便青梅竹马、两小无猜、门当户对，什么三观、事业、年纪、容颜、才华、性格、财富……一切一切内在外在，世俗精神层面的条件都无比契合，你们仍然是两个独立的个体。而每一个人，从长大成人那一刻起，就是一座孤岛。是血脉、友情、爱情、共同的兴趣、事业，甚至利益，把一座座孤岛连接起来，才让孤独的人生有了些意义。

坦克，你的困惑担心，只要是深深爱着的人都会有，我也有。如果我爱上了一匹骏马，可我并没有一望无际的草原，那我该怎么办？我能怎么办？我知道，爱是不改变对方，而我那个朋友说，爱更是要包容对方。

我们总会将自己最真实，但并不一定是最可爱的一面呈现在最亲近、最爱的人面前。距离才能产生美感，问题是在爱情中，你要距离还是要美感？面对爱，我要温暖，要彼此相依为命，要珍惜，要心疼对方的感觉。所以，我不要距离。所以，我要接受一匹骏马不断地在我可能触摸不到的地方奔跑再回来。这个过程中的担心、紧张、不确定，甚至痛苦，就是爱的代价。而我，愿意付出，必须接受。

我愿意将自己封闭、狭小、欠缺安全感的玻璃心慢慢地为爱变成一片肥沃、宽广的草原，让我爱的骏马在我的心里驰骋，这会是最美的画面。相爱会带给人幸福、恐惧、自信、自卑等等等等矛盾充满极致的感觉，可这是真实活着的感觉啊。所有的心痛、心碎、争执、眼泪、和解、拥抱，都是那么的珍贵。就像王菲唱的那样：

> 我愿意为你
> 我愿意为你忘记我姓名
> 就算多一秒停留在你怀里
> 失去世界也不可惜

坦克，我感觉你们是相爱的，否则两个差别那么大的人不会相守五年。其实没有什么能保证永恒，也许永恒并不存在。那又有什么关系呢？在我爱的这一刻，我面前的这个人就是我的天长地久。

还有，也许你和我一样，也是个内心戏丰富的戏精。我不知道什么是天长地久，我只知道在爱的时候义无反顾。我爱上了一匹骏马，所以我要为他开垦出一片草原。

扫码收听鲁小胖的回信

PART 5

爱情本来就是一段心甘情愿的冒险

你们的爱情只是败给了时间

面对无解的爱情和人生，我们唯一能做的其实就是尽力按照自己的心意生活，不被任何人的意志所左右。

兰兰和她的男朋友的来信

男：♂

鲁豫姐您好，我是兰兰的男朋友，能鼓起勇气给您讲我们的“北京爱情故事”，是因为我和她打赌，谁不写谁就不姓某某，然后我们俩就各自写了一封信给您。

前两天是清明假期，她要回山东老家。周五晚上我送她去火车站，我俩从王府井沿着长安街走到北京站，没有拉手，也没太多言语。走到站前广场天桥的拐角处，我面对着她，忍不住说了一句：“爱真的是太难了，我们要面对情感的平淡、天天的争吵、工作的忙碌、家庭背景的不同、没有共同的兴趣，还要坚守，要忍耐，真的太难了。”

一张口，我的两行眼泪就下来了，她也一样。那一刻太像电视剧里的情景，霓虹闪烁，人流穿梭，身旁的商店还放着情歌。一个大爷骑着电动车过来问我们住不住旅馆，气得我当时想骂人家。

然后她转身走，我没再送。第二天她问我，昨晚流泪的时候是不是想到了分手？

我工作六年了，和她在一起也六年了，从来没有谈过恋爱的我在大学毕业那年的一次活动上认识了隔壁学院学生会的女主席，她的那个侧面让我心动。

我一毕业就来到北京工作，一年异地后她考到北京读研。光阴似箭，她研究生毕业，考上了公务员，我则一直在原单位待到现在。见家长、订婚，我们打算今年下半年结婚，同学都羡慕我们。然而生活越来越好，两个人的话语却越来越少。

坦白讲，我是一个工作狂，每时每刻都抱着电脑或者手机处理工作，照顾她的时间很少。我是天秤座，很在意平衡身边的事情，但恰恰不会平衡工作和家庭。有时候我会说出男人常说的那句“忙不都是因为家吗”，她为什么不能多理解我一下，但我知道我真的很愧对她。

我们的性格都很强势，经常会因为一些小事吵架。她妈妈找算命的说可能我们一辈子都会这样。深爱的时候不怕，而现在天天吵，就会问这是爱情本来的样子吗？

你问我爱她吗？当然爱，真实感受是，偶尔停下来的时候我会很想她，不知道这算不算。但每当争吵的时候，就会觉得爱得有些痛。

改？好像太难改，我出身农村，我眼里那些朴实的美她会觉得全是土、不干净。我现在周末会尽力推掉所有能推掉的应酬，但身处创业初期我不可能不拼。

爱真不是一件容易的事。最近看了一篇文章说，“想分手的时候能不能试着再爱一次”，我不知道爱情是否真的可以重来。宋小宝最近新演的一个小品里对着大鹏说“我什么都没有，但是我很爱很爱你”，一句特别有喜感的话却特别触动我。我渴望这种“很爱很爱”的感觉，但好像渐渐失去了爱的能力，我该怎么办？

但那种“很爱很爱的”感觉我还记得。六年前的夏天，她偷偷来北京看我，也是在北京站，也是我送她回家。我站在站台看着她乘坐的火车驶出很远，心里想着会永远幸福。

最后谢谢鲁小胖，还有你深夜的陪伴。

女：♀

鲁豫姐你好，我是兰兰。恋爱六年，我们即将步入婚姻殿堂。他上进，但是不顾家，他嘴上说爱我，但是没行动，我们该怎么办？

六年间，他从一名学生到部门主管，我从学生到一名公务员。他的工资是我的三倍。在工作中，我们走的每一步都踏实认真，但是在感情中，我们从热恋到平淡，从无话不说到无话可说，三天一小吵五天一大吵的生活似乎把我们曾经的甜蜜也磨灭殆尽。

他是工作狂。近两年的时间里，他大部分时间都扑在了工作上，只是分了一小部分心对我、对家庭。他几乎不关心我上班累不累，不和我聊他的工作、我的工作，不主动替我承担家务。地铁上，火车上，飞机上，甚至在家里，他永远是抱着手机电脑。无论我在他身边已待多久，已沉默多久，他全然不会顾及。我的微信他都是想回就回，不想回就不回，但会很及时、很认真地回复别人。他答应别人的事会记得很清楚，我和他说过的话他总是记不住，总是把我的事情放在所有事情的最后。诸如此类。

我其实只是希望他能多关心我一点点，把给别人的时间多给我匀一点点。因为这些，我和他吵架，因为这些，我的脾气渐渐大了很多，也因为这些，他开始嫌弃我的脾气，嫌弃我没有兴趣爱好，嫌弃我和他没有共同语言。

每一次吵架，我都感到撕心裂肺的累。我们的美好似乎只定格在了两年前，可是我们的感情，会被定格在哪里？两年前？现在？还是不久的将来？还是一辈子？

他说："我不知道现在对你还是不是爱情。"难道六年的生活就可以将爱情变为亲情？他说："我们的感情是依靠着曾经的美好支撑着。"难道这两年就不再有感情了吗？他说："你的脾气，每一次吵架都让我很痛苦。"难道，每一次吵架，都是我的错？

分手对于我们来说似乎是一件很困难、很痛苦的事情，但是，是不是再坚固的爱情也会被生活打败？

我们本打算下个月就领证了，可是，随着吵架的次数逐渐增多，我们都在害怕，结婚，是不是我们最正确的决定？

鲁小胖的回信

兰兰，还有兰兰的男朋友，这封信要怎么回呢？你们分别给我留言，但是我说的话你们却都能够听到，所以我特担心万一我的话是压倒骆驼的那最后一根稻草该怎么办？要对别人的生活负责，真的很让人头疼。

我曾经问过一个女朋友“为什么结婚”，她说因为大家都知道了她的恋爱，不结婚的话会有些骑虎难下。我还有个闺密，本来想要离婚的，结果又怀了二胎。她拯救婚姻捍卫家庭的努力让我不知道该说什么，因为这其中的逻辑和我的生活理念是相违背的。恋爱出了问题，忙着靠结婚去解决；婚姻出了问题，忙着要孩子；然后又出了问题，再要个孩子去解决，这种荒唐的逻辑我完全看不懂。难道我们不应该在尝试解决问题之前至少先原地踏步吗？

我是一个科技盲，平常用手机、iPad 偶尔碰到点小毛病我会使出唯一的招数，就是关机然后重新启动。这听起来特别简单粗暴，但很管用。婚姻、恋爱在没有外力介入的情况下，有些时候只能关机-restart（重启）。当然，这需要勇气和运气。

对于恋爱婚姻我是比较任性的，我不太相信修修补补。当一段情感走到尽头的时候，放手是唯一的出路。问题在于什么时候是那个尽头呢？六年，还是你们俩都不再快乐的两年前？这点没有人知道。我还有个很好的闺密，她无望地爱一个人爱了有八年多，当然这其中的过程原因我不能多说。反正明知无望，她还是一直不肯放手，就是老觉得“与其一无所有，还不如这样拥有那么一点点”。但其实“一点点”的爱早就不是爱了，因为爱就是绝对的，不够爱就是不爱。然后她绝望了，所以就放手了，而对方并没有挽留。这段爱情从此死机，restart 失败。可是这样的风险，兰兰，还有兰兰的男朋友，你们敢与不敢，都得试一试。

你们的爱情其实只是败给了时间，所以无解。兰兰男朋友的所谓不解风情、农村出身，是一直都存在的呀，偏偏六年后的今天就成了问题？还有兰兰所谓的小脾气、彼此的兴趣差异，也一定不是一天两天了，怎么在今天就都不能忍了呢？唯一的原因就是爱被时间消耗得差不多了，于是曾经不是问题的问题如今都成了问题。给你们一个忠告：不要被那个婚期所绑架，分开一段时间，尝试一下没有彼此的生活。也许，只是也许啊，你们的爱情会焕发新生。但是，更大的可能就是你们真的就此错过彼此。这样的冒险你们愿意试一试吗？面对无解的爱情和人生，我们唯一能做的其实就是尽力按照自己的心意生活，不被任何人的意志所左右。

扫码收听鲁小胖的回信

你那么爱他，为什么不想嫁？

“婚不婚”多半都是因为“爱不爱”。“爱”可能不一定“婚”，但“不够爱”一定“不想婚”。结婚这件事儿呢，天时地利人和，差一样都不行。

阿离的来信

鲁豫姐，男友昨天又跟我求婚了，这已经不知道是他第多少次跟我求婚了，也不知道是我第多少次拒绝他了。最开始在一起时，我就跟他说过我恐婚，也不想要孩子，如果你接受不了我们也不必在一起。

我们在一起六年，相处得很好，中间他提过几次想结婚，每次我一拒绝他就不会再聊下去。可不知道为什么昨天他开始反复说结婚的事，说他没有安全感，还问我如果爱他为什么不可以结婚，说真的，我不明白，结婚和爱有什么必然关系。好好恋爱不是一样很好吗？

朋友说我是一个没有责任感的人，不想结婚是因为不想对这段关系负责。或许是吧。我从来都不明白永远是什么，也一直认为人与人之间谁都不曾真正拥有谁，就像罗大佑《恋曲1980》里唱的那样：世上没有人有占有的权利。男友说他很想结婚，也从来没有想过分手，每次听他讲这些我都觉得自己特别冷血。可我真的没办法妥协。鲁豫姐，结婚和爱到底有什么必然关系？

鲁小胖的回信

今天我干了件特面的事儿：百年不遇用胶水，结果左手大拇指和食指被粘住了。我不敢使劲儿硬拽把手指分开，就等着胶自然脱落，活活等了两个小时。这件事告诉了我很多深刻的人生哲理：1. 手笨的人没事儿别瞎做手工；2. 用胶水之前最好戴上手套。

不过，手被胶水粘住的两个小时里，人生无比单纯。因为除了一心一意等胶水的功效过去，你别的什么也干不了。不知道这算不算乐极生悲，因为昨天晚上，简直就是我的人生巅峰。

我傍晚出差回来，本来困得要死，但还是拼命去赴一个饭局，一家我心驰神往了好久的私房菜。腊八蒜肥肠、熘肝尖儿、回锅肉、醋熘土豆丝、大白菜、生鱼片、麝香猪、烤包子、炒饼……

朋友们信口开河地点了各自的最爱，但是这份听起来很任性的菜单，居然被厨师漫不经心但绝对令人惊艳地摆上了桌。昨晚北京的夜色那么美，昨晚我的朋友们那么可爱，昨晚我吃得那么high，昨晚的人生绝对活色生香，几乎不需要爱情。

然后就是今天，我的手指恢复了常态之后，阿离的来信把我又拽回了人间。在人间，我还是渴望爱情，但对婚姻保持审慎悲观的态度。因为环顾四周，几乎看不到所谓幸福的婚姻。夫妻关系能做到decent（体面的），已经是挺高的标准了。而怎样算decent？我的标准是：两个人之间仍然有情感，爱情、亲情都可以，还有得聊，还喜欢或者习惯对方的陪伴，还有bottom line（底线），没有背叛。再看看身边，能做到如此的decent couple，好像一只手就数得过来。

如果是我，我不会轻易结婚，但我也不会轻易抗拒结婚。因为如果有人求婚，我又无可救药地爱着他，那这个婚我肯定会结。当然，爱，还要无可救药地爱。这些条件听起来就很幼稚，可是，此时此刻，我真心诚意地这样想着。

婚当然可以不结，但是“婚不婚”多半都是因为“爱不爱”。“爱”可能不一定“婚”，但“不够爱”一定“不想婚”。结婚这件事儿呢，天时地利人和，差一样都不行。阿离，如果你的男朋友求婚求了六年，你仍然不想嫁，那么，为了你，也为了他，千万别结婚。

等你们的爱耗尽，或者升华了，再说。

《生活大爆炸》中，在霍华德与伯纳黛特的婚礼上，谢尔顿对他们说：“人穷尽一生追寻另一个人共度一生的事，我一直无法理解，或许我自己太有意思，无须他人陪伴，所以我祝你们在对方身上得到的快乐与我给自己的一样多。”

祝你也找到这样一个人——你们无可救药地相爱，从对方身上得到更多快乐，愿意为他卸下恐惧与懦弱，去履行共赴一生的承诺。

扫码收听鲁小胖的回信

你是否拥有过一个触不到的恋人？

我相信已经发生的，就是唯一会发生的。所以，也不必纠结。人生就是殊途同归，可是这个过程，我总得折腾一下。

一封来信

鲁豫姐，你好。我不确定你是否会看到我的来信，但是还想写下来。我今天想说一点我的故事。六年前，我对抗家人、朋友、所有人，来到这个陌生的城市，只因为我想和男友结束三年的异地恋。我带着自信和憧憬来到这里，开始新的工作、新的生活，结交新的朋友，可是，周遭的一切并没有我想得那么幸福和持久。

在感情上，我和男友不断地争吵和闹矛盾，导致我们从相识至今九年，我反而没了结婚的勇气。双方家里开始逼婚，但是我害怕结婚，害怕婚后我们不幸福。工作上，我一直强势、努力，没有让别人为我操心过。有几个朋友想找我一起创业，面对现在相对稳定的工作，我纠结不堪，陷入选择的困境，毕竟，我也害怕失败。我该怎么办？

鲁小胖的回信

我建议今晚各位听过我的语音留言之后，再去看一遍那部1998年的英国电影 *Sliding Doors*（《双面情人》），这是一个有关假设的故事。

Helen一大早被公司解雇了，心绪不佳的她坐地铁回家。在人群中紧赶慢赶，但还是差了几秒，最后一班地铁已经驶出了。站台上的她不由得想象着，如果没有因为在楼梯上躲一个小女孩而耽误了几秒钟，她自己已经坐在开走的那班地铁里了。从这儿开始，电影就花开两朵，各表一枝。一条线讲赶上地铁的Helen，一条讲没有赶上地铁的Helen。

赶上地铁的她，坐在一个爱讲话、还挺幽默的男人旁边，Helen居然不讨厌这个陌生人。不过她回到家之后，正好撞见渣男男友和另一个女人在一起。Helen伤心地夺门而出，跑到酒吧去喝酒。在酒吧里，又碰到那个男人，他叫James。然后，因为James，Helen重新振作起来，事业也有声有色。那个渣男居然还要求她原谅，想重归于好。而当 Helen 准备和 James 展开新生活的时候，她碰上了车祸。

再说没赶上地铁的她，只好改坐了出租车，然后遇上抢劫的，又被打伤了，在警察局一人折腾半天回到家，正好错过人渣男友的三级片大戏。男友见她受伤了，因为内疚于是格外体贴，她就傻傻地觉得自己还挺幸福的。因为没了工作，她就跑到餐馆去端盘子打工，继续支持男友在家里写作。可人渣男友的情人也不省油，故意安排三个人碰面，并且宣布自己怀孕了。Helen 又心碎地离开，她自己不幸流产。不过出院的时候，在电梯里她正好碰到了 James。

我喜欢这部电影，看了好几遍。一部烂片只会告诉你女主人公出门那一刻，只要选对了方向，弄准了时间，人生有可能是大团圆的结局。可真实的人生和本片有点像，那就是无论怎么选，也逃不过一个叫作命运的东西。而所谓命运就是殊途同归，过程中情节不尽相同，但是喜怒哀乐，心碎心喜都跑不掉，就像 Helen 在影片中所经历的那样。

至于哪一种选择更好，不一定。以我的性格，我会希望我能赶上那班地铁，回家直面人渣，最后要死要活再说。

讲了这么多电影，是因为有人在信里问到了异地恋的问题。异地恋三年，在一起后六年，前后九年，可现在这段情感已经变得食之无味弃之可惜了该怎么办。

怎么办，都很难办。现在分，还是婚，未来的日子都不容易。分手会非常痛苦，至于结婚，如果恋爱九年这个婚还不结，对于这个婚姻我完全不看好，反正不管怎样选，都很难。

可如果是我，我会给这个情感一个决定。这个婚我就结了。因为一段长达九年的感情，值得我这样郑重地决定。可是我这样选择是因为我知道，我有能力承担未来万一日子过不下去了的结果。我是个坚强的宿命论者，我相信已经发生的，就是唯一会发生的。所以，也不必纠结。人生就是殊途同归，可是这个过程，我总得折腾一下。

我的人生信条就是，宁可犯错、冒失，但也好过总想着 what if（如果呢）。

扫码收听鲁小胖的回信

不该在一起的人总会走散，对的人什么也拆不散

爱情、婚姻说到底，都是一场心甘情愿的冒险。

Lilas 的来信

您好，我叫 Lilas，一个时尚买手，常常穿梭在国外的大街小巷，我喜欢我的工作，虽然我的大部分生活都在飞机上度过。

我男朋友是个优质 IT 男，至少我这么认为。我和他在一起五年多了，我们俩都算工作狂，五年，我们见证了彼此在工作上的成长和成就。他也常常出差，我们同居有几年时间了，但是聚少离多。我俩都三十出头了，两家人都着急逼婚，的确，我们俩关系既稳定又到了该结婚的年纪，可是我们都没有结婚的欲望。

在家人的施压下，我们订婚了，婚期也不远了，可是我依然不想结婚。我们俩虽然同居，但经济独立，常常各忙各的，各过各的，

两个非常独立的人没有必要被婚姻捆绑住。

我并不是非婚主义者，我也希望在未来有家庭有孩子，可现在这种状态下结婚，我会觉得婚姻是我们的累赘。鲁豫姐，到底该不该迫于外界压力而结婚呢？

鲁小胖的回信

Hello Lilas，要不要结婚是一回事，要不要应广大人民群众的要求结婚是另外一回事。前者可以探讨，但后者我觉得没什么可聊的，因为爱不爱、婚不婚，没有时间表，更不能按照别人的时间表来进行。所以呢，我就自说自话地改变了你的问题。

你的问题不是要不要在家人的压力下结婚，而是，这个婚你们俩到底要不要结呢？

我得先泼一盆冷水，因为两个人在一起，除非有特别的情况，否则，恋爱五年多还没有结婚的打算，这个婚基本上比较难结了。

因为你们的相处模式已经形成了，同居，但是各自有自己的空间，反正至少听起来还不错。那一旦改变这个模式后果未必是美妙的。

你要知道婚姻中的两个个体需要一同成长，就是 grow together，而不是各自成长，那样只会 grow apart 长开了。

你们目前的交集感觉特别特别少。婚姻中保持自我固然很重要，但是没有两个人共同的生活，这婚姻不会长久的。

所以你们目前要面临的一个问题就是，愿不愿意放弃目前的部分自由，减少些工作时间，而更多地给予彼此，给予未来的家庭生活。

那我担心的是，你们不仅有一个愿不愿意的问题，还有一个在现阶段能不能的问题。未来，两人事业上的差距，多多少少会造成情感上的距离，这是每一段婚姻都要承担的风险。如果是我的话，此时此刻我爱他，他也愿意娶我，那就结婚哪！如果只是觉得，在一起五年了，不结好像没个交代，那我建议这个婚先不要结。

我希望你们立刻谈一次，谈话的主题是，我们还要不要在一起？如果要，就结婚！但是谈话的结果，有两个，第一是双方达成共识，结婚；第二是，一方或者两个人都犹豫，那样的话，结果就是分手，至少是暂时分手。反正，每一种选择，都有风险。

但这场躲不开的谈话你们必须进行！

你们在一起五年，你们欠自己，也欠彼此一场掏心掏肺的对话。

反正我是相信，不该在一起的人总会走散，该在一起的人什么也拆不散他们。

爱情、婚姻说到底，都是一场心甘情愿的冒险，我希望你们能够闯过这一关。

扫码收听鲁小胖的回信

当爱已经麻木，是否还能相伴一生

你是要激情，还是要沉稳、波澜不惊的生活？无论哪种选择，最终都会有遗憾，关键是你能否承担得起不按剧本演出的后果。

青山的来信

小胖姐，你好：

今年10月我即将与相恋八年的男友结婚了。我们相识于大学，如今他在工作，我在读研。按别人的话来说，我是“一个很有个性的女生，与别人不同”，我的男友呢，他是和我相同的人。我们特别特别聊得来，就像是前世的知己。我深知遇见这样一个人难得，因此我始终不忍放弃，直到答应他的求婚。这一切在外人看来是如此圆满，可只有我愈加麻木的内心知道，我对他的爱或许已经所剩无几。事到如今，我仍旧不愿放弃我称之为soulmate（灵魂伴侣）的这个人，可未来的日子里，我真的要守着这样一份我认为珍贵而不是爱情的情感过一生吗？我害怕这逐渐增加的麻木最终毁了我。或者，是我多虑了。

鲁小胖的回信

我的一个特帅的男性友人说我，你自己的问题没弄明白，居然给别人指点迷津。当然了，光说不练多容易啊，特别是看别人的问题，会更清醒、客观。

关于结婚的话题，最符合时下独立女性形象的答案是：你不需要婚姻、孩子让你的生活更完整，一个人的世界也可以很精彩。一个人当然可以很精彩，可是，我可以很负责任地说，几乎没有哪个男人或女人从懂事起就决定我这一生不要婚姻的。他或者是她，多半是在等待、寻找、接近婚姻的过程当中，因为各种原因和婚姻失之交臂，渐行渐远，或者是慢慢失望、怀疑，直到拒绝。

很多时候，悲剧的并不是得不到，而是不知道自己想要什么。吃什么是我每天都要纠结考虑的问题，几乎每顿饭我都会犹豫不决。比如吃日餐吧，我会惦记那间家常菜炒的手撕圆白菜；吃鱼头泡饼呢，我又放不下麦子店有一家饺子馆的腊八蒜……反正不管最终吃什么，总觉得也许还有更好的选择。所以，吃不到已经很惨了，比吃不到更惨的是你不知道想吃什么。

昨晚，好朋友精心准备了家宴，红烧肉加涮海鲜，好吃得快哭了。我呢，学着大家在芝麻酱里放醋，以前没有试过这样的搭配，才发现那么好吃，然后被嘲笑白过了半辈子。吃饭的六个好友，其中有一对伴侣，四个单身，昨晚碰巧是什么白色情人节，有个朋友说，如果愿意过的话，每个月 14 号都是名义不同的情人节。特别痛恨这种人造的塑料节日，可是，这种被莫名其妙地赋予了权利和意义的日子，会让人变得有一些伤感、脆弱、愤世嫉俗，甚至会做出冲动然后让人后悔的举动。所以，又馋又饿又孤独的时候，和朋友一起饕餮是对抗恶意的最好的方式和武器。

我想吃红烧肉，想吃涮海鲜，我发现蘸着芝麻酱和醋特别好吃，明确知道想要什么并且得到，这就是满足和幸福。可惜，生活不是请客吃饭。我渴望爱情，渴望有个人牵着手去散步、看电影，可是现实告诉我，爱情有一天多半会消散。我也想有安全感，过一种成熟稳定的生活，不一定要爱得死去活来，可是彼此会有温柔的陪伴。或者我可以再实际一些。其实怎么样选择都不是问题，套用网上真真假假的那些萧伯纳的话说，反正，最终你们都会后悔的。关键是，你要知道你要什么。

青山是又一个婚前犹豫的人，可是青山，我知道，10 月份你会如约走上红毯。给我写信，你只是希望我肯定你的选择，告诉你，结吧，it's the right thing to do（这是正确的做法）。问题是，对不对，没有人知道。但是，这是你唯一能做也会做的一件事情。除非，今后的半年，你和你男朋友两个人分别或者各自移情别恋。原谅我的乌鸦嘴。什么前世知己、难得、不忍放弃、soulmate、相恋八年……你这样的描述居然是有关一段逐渐麻木，然而珍贵但绝不是爱情的情感——以上全部都是你自己的用词和语气。

嗯……如果是三年前，我会劝你不要结婚，没有爱情了结什么结。今天的我，这个婚我自己肯定还是不会结，但是劝你或者劝别人的时候，会另当别论。青山，我觉得你描述的不是一段快死亡的爱情，而更像是一个正常甚至健康的婚姻生活。你看你们彼此忠诚，没有欺骗，有交流，有依赖，唯独欠缺一些激情，这难道不就是传说中还不错的那种婚姻吗？青山，你的激情肯定是不在了，但是爱情还在，它只是变了一种形式而已。现在的问题是，你要什么？你知道自己要什么吗？你是要激情，还是要沉稳、波澜不惊的生活？无论哪种选择，最终都会有遗憾，关键是你能否承担得起不按剧本演出的后果。

不结婚，意味着以下糟糕的情况可能出现：

1. 在今后或长或短的时间内你没有男朋友，没有喜欢的人，一个人独来独往；

2. 不久以后你后悔了，回去找男朋友，但他身边已经有了别人；

3. 年纪越大好像越冷静，越难以被爱情冲昏头脑，所以爱上别人的可能性越低，所以越容易有一天，还是为了安稳，为了结婚而结婚。

恶果包括但不限于以上三条。如果上述的结果你都可以承受，那么 10 月份这个婚就不结。否则呢，该干吗就干吗吧。

我仍然觉得青山只是在自言自语，找个人叨唠两句，让别人劝劝你，告诉你，你有多幸运，要珍惜，然后你会鼓起勇气，做个十月新娘。反正，该发生的总会发生。这句话有的时候让人绝望，但有的时候也给人希望。如果，你知道你想要什么，这个婚就不结；如果，你不知道你想要什么，这个婚就结。

所以，你想要什么，你知道吗？

吃什么，我可能不知道。但是，我要什么，我知道。

扫码收听鲁小胖的回信

你到底要和什么样的人结婚？

结不结婚本身并不是一件必需的事情，但如果你要结婚，是因为你内心一定有一个足够确切的答案。

孤独求瘦的来信

鲁豫姐，前几天男友向我求婚了，可是我拒绝了，能看出来他有些难过。那天他对我说，我常常给他一种感觉——他只是一个人。他问我，到底有没有想过和他结婚？我一时语塞，说不出话来。我很喜欢他。和他恋爱这几年，总体来说是幸福的。他是一个很棒的人，长得帅，人品好，工作努力，用情专一。但偶尔发生一些事，会让我觉得他不是能共度一生的那个人。比如我崇尚生命在于静止，他却没有跟我商量就养了一条狗，还责怪我没有去遛它；比如我没有帮他洗衣服和打扫房间，他就很不理解，认为这都是女生该做的事，可我从小到大都没有做过家务，也不喜欢做家务，感觉他有这个需求，不如去找个保姆。每一次因为这些事和他发生争执，我心里都很失望，认为未来的丈夫不应该是这样。

回想自己，这些年谈的恋爱，总是谈着谈着就崩了。我的初恋男友，人有担当，对我非常细心体贴，但就是很多事情都要听他的。我们交往了一年多，最后我因为受不了他的那点大男子主义选择了分手。第二个男朋友，人很浪漫，但是却没有担当，最后也分手了。常常在想，如果初恋男友没有那点大男子主义，如果第二个男朋友多点担当，可能结局就会不一样。前男友曾经对我说：你这种人就适合孤独终老。他还说，不以结婚为目的的恋爱都是耍流氓。天啊，我也不想耍流氓，就是觉得结婚这事儿不能那么随便。

千万别跟我说只要有爱就可以结婚，爱太抽象了。我六岁时就会唱一首歌："这就是爱，说也说不清楚，这就是爱，糊里又糊涂。"最不想看到的就是两个人一开始彼此相爱，最后却因为彼此厌恶而分开。说真的，如果男友愿意，我可以和他一直谈恋爱，谈到世界充满爱。可并不是人人都这么想，至少男友是肯定要结婚的。他那句"你到底有没有想过和我结婚"现在还在我脑子里打转儿，我都不敢想我们俩未来会怎样。鲁豫姐，我根本不知道自己到底想和一个什么样的人结婚，这可怎么办，我这种人是不是真的只适合孤独终老？

鲁小胖的回信

我得先跟大家说声抱歉，我现在在上海机场，准备要飞北京。本来我的计划是到了休息室之后，安顿下来都踏实了我再好好地录，但是刚才上海有点下雨，然后路上巨堵，我们一路狂奔，差点就晚点。有一个同事因为来不及托运就上不了飞机了，我现在只能在机场里面一边走一边来录今天的偶遇，所以要先跟大家说声抱歉。

上一次我忘了说，在不丹的时候有个特好玩的事儿。有一天晚上，我跟同行的几个女朋友一起请不丹导游卡卡吃饭。卡卡大概三十出头吧，长得还行，已婚，有两个儿子，我们又喝酒又聊天，特别嗨。有一个女朋友当时就说，她因为身体原因在美国找了代孕，生了两个特别可爱的双胞胎。当时卡卡一下儿就蒙了，他特别困惑地看着我那朋友，然后特别认真地问："Why did you pay someone to sleep with your husband？"我们当时都乐晕了，就七嘴八舌地跟他说："这事儿跟睡觉没关系，不需要睡觉。"卡卡更困惑了，他就盯着我那女朋友说："Don't you like sleeping with your husband？"我们大家就一边乐得不行，一边给他解释，从现代医疗、科技、伦理……各个角度给他详细地说明。卡卡最终好像是听懂了，但我估计他整个人有点崩溃，三观尽碎。他最后想了想，沉默了半天，还喝了一口酒，就对我那朋友说："Oh, so the babies, they have come to this world？"他问那意思就是，这些小孩是来到了人世间是吧？他这一问，我们几个人彻底崩溃了。

第二天我们去爬虎穴寺，因为雨后路特别地滑，另外一个不丹导游多吉就一直陪着我、扶着我。我后来开玩笑说，我都快要爱上多吉了。于是我的一个闺密就起哄问多吉说："How old are you？ Are you single？"多吉是个特别腼腆的不丹男孩，他就慢悠悠地说："I'm twenty-eight. I'm single."我那朋友又问："Do you want to marry a Chinese wife？"多吉沉默了半天，又慢悠悠地说："I don't think I can handle a Chinese wife."我记得我当时乐得就差点瘫在半山腰的烂泥地里。

多吉和卡卡很喜欢我们几个，觉得我们很好玩儿，我们在一起聊天聊得特别快乐，现在还是很好的朋友，常在微信上有互动。但是，卡卡和多吉肯定不会爱上我们，更不会跟我们结婚。我只是举例说明。因为我们对于这个世界的认知是完全不同的。而且喜欢、爱和结婚互相之间不一定有关联，几乎可以说是独立成章的三件事情。爱，当然一定喜欢，但喜欢，不一定爱。而且喜欢和爱不一定结婚。结婚很多时候跟喜欢和爱没什么关系。其实我这么说，已经算是解答了孤独求瘦你的问题。

其实你们都应该知道我现阶段的婚姻观，那就是如果我特别爱一个人，碰巧他也愿意娶我的话，那我肯定嫁给他，否则可能就不会选择婚姻。但是，never say never（别轻易说绝不）。将来也许我有一天厌倦了一个人，害怕孤独，想要安全感，希望有人陪伴，我可能也会退而求其次，会因为爱情以外的原因结婚。其实跟生活妥协了也没有什么可耻的，但是现阶段，我还在死磕。

现阶段的我认为，结不结婚本身并不是一件必需的事情，但如果你要结婚，是因为你内心一定有一个足够确切的答案。当你问一个人，我要不要结婚，答案已经是显而易见的——至少暂时不该结婚。

你就继续再跟你男朋友谈恋爱呗，谈恋爱的基础你们是有的呀。虽然我刚才说，喜欢、爱、结婚是三个不同的层次，但是喜欢，谈恋爱是没有问题的。至于什么叫喜欢，什么叫爱，我的闺密有个特别精确的评论。她说其实两个人相爱最高的境界就是能腻乎、能聊天。六个字，很简单，但真的，不是每个人都可以达到的境界。

能腻乎，代表两个人之间有 physical attraction（身体吸引）；能聊天，代表你们在精神上是契合的，能够聊到一起。从身体到精神，如果都是彼此和谐、两相愉悦的话，那你们一定可以相看不厌，可以在一起生活。

孤独求瘦，我从你的信里感觉你的内心跟我就有点像，更像是个男的，这也没什么。包括我感觉你男朋友爱你比你爱他要更多一点，这也没什么。我觉得你还年轻吧，你们就继续恋爱，彼此也继续磨合，继续等待，继续寻找。希望有一天，你们都能够对自己说：OK，这个人我够爱 TA，我想娶 TA，我想嫁给 TA，我想跟 TA 结婚。

到那一天，再结呗。

扫码收听鲁小胖的回信

遇到更好的异性，我们该不该变心？

在爱情中只有一个标准：够不够爱。只有这一点是绝对的，其他的一切都是相对的，包括你谈到的安全感。

葫芦的来信

鲁豫姐您好，我现在有一个男友，我叫他老实先生。与老实先生相识相恋一年多，我刚来北京的时候遇到他的，当时我人生地不熟，老实先生对我无微不至地照顾，让我觉得很有安全感。

日子本该在与老实先生的柴米油盐中度过，可我渐渐发现，我对于老实先生的感情，似乎更像亲人，像依赖兄长甚至爸爸那样。前段时间，浪漫先生的出现确认了我的这一怀疑。我是在朋友聚会上认识浪漫先生的。他外表高大帅气，年龄上与我更合适，我们在一起有更多的共同语言。我看见他就觉得开心，跟他有说不完的话，终于他向我表白了，我难以自抑地开心。

但是，我又深深陷入了纠结之中，我身边还有老实先生这个男友呢，这几个疑问深深困扰我：

1. 认识浪漫先生后，我知道了什么是爱情，我爱他。

2. 老实先生对我很好，并没有犯什么错误。

3. 难道是我错了？我不该爱上别人？但爱是不受控制的。

鲁豫姐，遇到更好的异性时，我们该不该变心呢？

鲁小胖的回信

看到今天的问题，我想到了一句话："旱的旱死，涝的涝死。"碰到一个让自己心动的人，已经挺难的了，你其实碰到两个，所以很多人还是会羡慕你的。你面临的问题其实谈不到什么该和不该，就是一个爱和不爱、要和不要的问题。在爱情中只有一个标准：够不够爱。只有这一点是绝对的，其他的一切都是相对的，包括你谈到的安全感。

我来告诉你，如果是我的话，我会怎么做。我会选择坦诚：我爱你或者不爱你，我都会明明白白告诉你；你爱我或者不爱我，也请你明明白白地告诉我，就这么简单。

可这是你的生活、你的问题。其实你的心已经帮你做了一个选择了：你现在爱浪漫先生，你肯定会选择他。但是有一点，你必须想明白了，生活会改变很多东西。也许老实先生不会变成浪漫先生，但是生活有一天也会让浪漫先生变成老实先生。到这一天，你又会如何面对一切呢？只不过那是今后的问题，而此时此刻你只需要面对你的内心，你爱还是不爱，要还是不要，这里没有该与不该的问题。

扫码收听鲁小胖的回信

美貌终将过去，但真爱会跨越偏见

爱情的开始可以莫名其妙、自然发生，爱情的结束、转折需要郑重其事，这是对彼此过往的一种尊重。

某人的来信

鲁豫姐，我最近有个烦恼一直不知道该找谁倾诉，所以就给您发了这封邮件。我是一个有女朋友的人，并且我对女朋友各方面都很满意，我们一起拥有过许许多多美好的回忆，感情也一直很好。但是我最近真真地竟然喜欢上了另一个姑娘，当然她们双方都不知道。之前看过一个类似的问题，所以我想说我不是来问如何正确劈腿的，我想知道应该怎么解决。

我自认为是一个责任感蛮强的人，我现在的女朋友，是我当时主动追的，只要她不主动离开，我想我会尽可能跟她一起走到最后的，而且她对我也挺好的，我心里也有她。但是每每想到我喜欢的另一个姑娘有朝一日（或许不久）会爱上别的男人，会嫁给别的男人，心里就会感到十分不舒服。

我是喜欢那个姑娘的，但只是很单纯的情感，可我又觉得自己很无耻，感觉完全是我的占有欲在作祟，我却不知道该如何结局，最近被这件事搞得心神不宁。所以我想问一下鲁豫姐，我到底应该怎么办呢？

鲁小胖的回信

《简·爱》里面有一句台词我从小就会背，是简·爱对Rochester先生说的，她说："你以为我穷、不好看，就没有感情吗？我也会的，如果上帝赋予我财富和美貌，我也会让你难以离开我，正如我现在难以离开你一样。上帝没有这样，但是我们的情感是平等的，就如同我们穿过坟墓，都将平等地站在上帝面前一样。"

平等，为什么我们总是忘记在情感面前我们是平等的？我爱你，我给你全部的信任、依赖，你可以不爱我或者不再爱我，但是你要温柔地对待我，诚实地面对我。隐瞒、躲闪、沉默，甚至是欺骗，比不爱本身还要伤人，因为这其中包含了蔑视。

这个男孩，你其实没犯什么错，情感的改变再正常不过。可是，你也不要想太多，你的女朋友离开你肯定痛苦，但不会死。至于另一个女孩，她喜欢不喜欢你好像还不一定，你怎么知道不是你自己一厢情愿呢？你不是她们命运的主宰者。在爱情中我们最容易犯的错就是常常夸大自己的作用，又常常轻视自己。你只需要做以下几件事：

给自己一段时间确认你的情感。

然后和女朋友坦白你的困惑。

各自冷静思考，然后共同做出决定。

结果当然会有三种：

你们的情感经受住了考验，那我祝你们幸福。

你和另外一个女孩相爱了，那我同样祝福你们。

你很有可能一个人。

你凭什么认为那两个女孩一定会选你呢？反正无论哪一种结果，都需要你的坦诚。无论哪一种结果，其中总会有眼泪，甚至争吵、误解、怀疑、犹豫等等。但是，爱情的开始可以莫名其妙、自然发生，爱情的结束、转折需要郑重其事，这是对彼此过往的一种尊重。如果我们的爱走到了尽头，我们应该姿态漂亮地共同面对，友好分手。

前两天我和林心如聊天，她说她不能忍受前男友不给她分手的理由。我很佩服她的勇气。至于我，我只需要知道结果，我不想知道原因，而且我觉得不爱和爱一样，大多数时候说不清楚。但是我需要一个郑重其事的 closure（结束）。

最后我想对所有的女孩儿们多说两句。因为今天看到很多人在转发 Hugh Jackman 和他太太的爱情故事，又把我给看火儿了。这篇文章图文并茂，主要讲澳洲男神金刚狼 Hugh Jackman 比他的太太小大概十几岁，金刚狼今年四十七岁身材依然特别地火辣，让人看了流鼻血，然而她的太太有很多的照片的确胖了、挺老的。这篇文章貌似歌颂爱情，因为说他们俩“二十年还是恩爱如初”，但是满篇都是对女性的轻视。它的结论就是：女人如果你不再年轻，美貌身材不再，被男人爱上简直就是奇迹，是一种恩赐。我想告诉大家，爱——最终是灵魂和灵魂的碰撞。美貌终将过去，但真爱会跨越偏见。

扫码收听鲁小胖的回信

人生挺艰难的，不爱的人就放过彼此吧！

当附加值可以满足你的时候，相安无事，你会觉得我好爱对方；一旦不能满足，爱情自然消亡，于是问题自然产生。

雯雯的来信

鲁小胖好，我叫雯雯，是个空姐，大学刚刚毕业，从小要强。大四那年在大学辅导员的婚礼上认识了他，坐在一桌吃饭，他周全地照顾所有人。

他是个军人，我瞬间被他迷住，甚至为了他放弃了大学谈了三年的男友，其实也是跟前男友异地恋感情淡了才想分手的。

于是，我和他很快在一起了。他是军人，却为了我破坏纪律，每天晚上跑出来跟我约会，说真的，我觉得那就是爱情，两个人在一起特别幸福，做什么都是对的，我也献给了他我的第一次。

但是好景不长，毕业后我在北京工作，他留在南方我上学的城市，我们开始异地恋。因为种种原因，我们很少见面。他比我大七岁，我觉得他应该找个能结婚的女孩结婚，我终于跟他分手了。

分手前、分手时、分手后我发誓我都是撕心裂肺的难过。可是如果不分手，我不甘心就这样从此以后去他老家的城市跟他过简单的生活，我还年轻，不是吗？

分手后朋友给我介绍了一个男孩，各方面都很优秀，只是胖了点，丑了点，但是有文化有家世有背景。我试着跟他交往，可是，分分钟都是不快乐的，我知道，这样是不对的，却也割舍不下那些附加值。

鲁豫姐，面对爱情和生活的附加值，我到底该怎么办？

鲁小胖的回信

我想先跟各位说明一下，也道个歉，因为我百年不遇的感冒、咳嗽、嗓子疼，所以说话的声音特别粗，我自个儿听着都别扭，大家凑合听。可能一气儿说不了太长，这次的录音可能会分好几段录，所以听起来也会有些别扭。

雯雯的信我看了好几遍，然后我终于搞明白一个问题，那就是其实你压根儿没有问题要问。你不需要我给你一个答案，你只是需要我特别善解人意地说，雯雯你没错，为了你要的生活，爱情是可以舍弃的。

但是，我肯定不会这么说，就算你没有问题，我还是想来先梳理一下你的问题。

你看你离开大学的那个男朋友，离开解放军男朋友，然后现在你在纠结，要不要离开这个被你各种嫌弃，被你说成又胖又丑的男朋友。你有没有看到其中的规律？

你一直在渴望爱情，但你又一直在被爱情以外的东西所吸引，就是你说的那些附加值，包括更宽阔的视野，可能是崭新的领域，更好的物质生活。

那么当附加值可以满足你的时候，相安无事，你会觉得我好爱对方；一旦不能满足，爱情自然消亡，于是问题自然产生。

你为什么会和那个解放军男朋友分开？那是因为你毕业后，进入社会，在瞬间完成了对他的超越，以前他那些光环现在没有了，于是魅力就没有了，于是爱情也就没有了。

至于那个胖男孩，问题不是你爱不爱他，而是他条件还行，但是不够好，还算优秀，但是不够优秀，他的附加值没有好到足以让你忽略没有爱情这回事。

选择爱情还是选择其他，我觉得当然应该选择爱情！

我不会幼稚地说选择爱情的人比较高尚，我只是觉得选择爱情相对简单明了。因为爱情是标准，爱就是爱，不爱就是不爱，但其他一切都没有标准。多有钱算是有钱？多好的生活算是更好的生活？所以我一直特别赞同三毛当年讲的那个笑话，如果不爱的话，百万富翁也不嫁，如果够爱的话千万富翁也嫁。

我是个悲观的人，如果我们这一生都不可避免地会作茧自缚，会自作自受，那我希望这个束缚是爱情。

如果，几乎所有的婚姻都不可避免地要一步一步走向平淡，甚至最终会变得不美好，我还是希望，它的源起，是由于爱情。那样，我才会愿赌服输，心甘情愿！

还有雯雯，我建议你就放过那个胖男孩吧！人家招你惹你了？你可以看不上他，但是我相信在某个地方，一定有某个女孩，会把他视若珍宝的！人生挺艰难的，不爱的人就放过彼此吧！

扫码收听鲁小胖的回信

你那么爱他，为什么还总是找碴儿

聚散有时，不爱了再放手呗。爱的话就牢牢抓紧，放下你的身段，忘记你的骄傲，不问前路，也不计结果。

里里的来信

鲁豫姐，我想说说我的困惑。我和男友感情一直非常好，经常在一起讨论问题，发表各自的观点。那天，看了你的“偶遇鲁小胖”后，我就问他一个问题：如果有一天你的女朋友告诉你自己以前被包养过，你会怎么做？他说：分手。我很惊讶：为什么？他说：无法接受出卖过自己的人。我说：即便你们感情已经非常好了，甚至可能是结婚生子生活得非常幸福了，你也容忍不了她有这样的过去？他说：是的，这是我的底线。

说实话，他的回答让我有一点失望，因为我一直认为，人都有过去，可能都犯过错，可那是过去，跟现在的我没有任何关系。如果我的男朋友说他以前被包养过，或是做过其他什么事，我不会介意也不会追究。但当我把这种想法告诉男友时，他却说，每个人的底线不一样，这种事他就是接受不了，而且他相信这个世界上百分之九十的人会做出跟他一样的选择。那一瞬间，我突然意识到，我们俩的价值观非常不同，然后突然冒出很多想法，比如他爱我，并不是因为“我是我”，而只是因为我没有他所认为的“不堪的过去”，没有越过他的“底线”，可这样一来，我们的爱情也将不再像我所认为的那么纯粹。鲁豫姐，此刻我很想知道，如果是你，会怎样看待爱人的“过去”？两个价值观不同的人，又要如何相守一生？

鲁小胖的回信

今天回答里里的来信。王菲和李亚鹏宣布分手的第三天，我的朋友 Lily 和她的男朋友也分手了，剧情梗概如下：晚饭以后，他们两个人聊天，男友就说，有的人说分手就分手，太不道德了。Lily 当时噌一下就火了，她说，这和道德不道德有什么关系？爱就在一起，不爱了分开，不隐瞒不欺骗，我觉得王菲、李亚鹏做得挺好的。平常百依百顺的男朋友居然也愤怒了，他指责 Lily 的爱情观、婚姻观太随便了。“随便”这个词儿让Lily出离愤怒，结果是两个人就此分手。

如果你们认为我讲了一个因为三观不同而导致分手的惨烈的故事，你们就错了。这是一个披着三观不同的外衣，实则是两个并不深爱的人借题发挥、找碴儿分手的俗套故事而已。虽然三观一致非常重要，可是生活中需要上升到三观的大是大非的问题，我们碰到的机会实在不多，反而是那些小事，会make or break（要么成功，要么毁灭）一段友情或者爱情。比如做朋友，你们最好喜欢同一家的麻辣小龙虾，或者一起讨厌公司前台的那个女孩，这些“鸡毛蒜皮”会让你们更亲近。因为麻小你一个礼拜吃四次，公司那个小女孩你更是天天都看不顺眼，考验我们的更多时候就是这些琐碎，而不是三观。

所以你们要不要因为三观不同而结束一段爱情或者是婚姻？我不会。我只会离开一个我不爱的，不再爱的，或者没有那么爱的人，但是我不会离开一个我爱的人，哪怕我们有天壤之别。聚散有时，不爱了再放手呗。爱的话就牢牢抓紧，放下你的身段，忘记你的骄傲，不问前路，也不计结果。

里里，我得说你老公的脑子是水泥做的，很顽固，居然会在意一个人的过去。但是你的脑子是高级水泥做的，因为你居然会在意你老公说他会在意别人的过去。你确认你不是在找碴儿分开的话，就忽略你们之间的这段对话，好好过日子。他在意包养就让他在意呗，包养和你有什么关系呢？如果你老公能够严以待人，更严于律己的话，也挺好啊，至少你不用担心他会在外面荒唐。

当然，三观不同有可能会引起的其他问题谁也无法预测，但问题还没有出现你就先踏实过日子，这不是鸵鸟，这是生活的正确姿势。可是我还要再问一句：里里你能不能确定你自己呢？我的直觉是，你不甘心现在的生活了，所以生活中就出现了各种把柄。希望我的直觉是错误的，希望你生活幸福。

扫码收听詹小胖的回信

为什么你的生活和爱情全都在别处

琐碎的生活当然有可能消磨掉美好的爱情，这挺可怕的，但更可怕的是，琐碎的生活一开始根本没有爱情让你去消磨，只有一地鸡毛的日子你要过吗？我不要。

小田的来信

鲁小胖你好，很喜欢你的节目，从你的节目中找了许多生活的答案。现在感情问题一直困扰着我。

男朋友对我挺好的，但家境较差，亲戚朋友都反对我们在一起。我家庭条件也一般，但觉得只要努力，十年以后应该会有属于自己的房子，只是不够坚定。

近期常和公司的一对员工接触，他们的生活平静、不奢侈也不将就，有个稳定的小家，偶尔带孩子去喜欢的地方吃吃、玩玩。

长这么大，第一次这么明确地知道那就是我想要的生活，可是这样简单的生活他也给不了。我们必须精打细算，害怕美好的感情将来被柴米油盐破坏，那样更心痛。特别想有个自己的房子，哪怕很小。我们在同一个公司，同事都知道我们的关系，即使想分开也不好意思，也没勇气，我该怎么办？

鲁小胖的回信

我爱你，我不爱你，我要嫁给你，这日子我过不下去了，我要分手……人生的悲喜剧分分钟在上演，主人公千千万万，但共同的名字是：我。我的感受，我的需求，无可替代。

可是小田，看你的信让我着急。你说，男友对我挺好的——那这是你们在一起的原因吗？你又说，男友的家境差，你的亲友反对——那这是你动摇的原因吗？你还说，因为在同一个公司，想分开也不好意思——这更匪夷所思，这是你们还没分手的原因吗？可是，这都是什么逻辑呢？你的脉我把不准，这个药就没法开。

通常，我们对自己最大的误解，是自以为我们喜欢过某一种生活，因为我们喜欢和向往的都是目前力所不及的。有一次在国外出差，团队被当地的华人首富请去家里做客。巨大的豪宅啊，走一圈会迷路的那种。门前是草坪、湖水，城市隐在不远的地方，你随便一转身一扭头都会有阿姨管家工人来问你需要什么。我这么淡定的人也会心生羡慕，我发现原来我喜欢这种饭来张口衣来伸手的很奢侈的生活。可是，又隐隐地感觉到哪里不对。可能是他家的客厅天花板太高？沙发太花？水晶吊灯太过繁复？总之，我特别想念自己的房间，就像是现在，我坐在我家的地上跟你们说话，天花板、沙发、灯，都平常、正常，这让我感到无比坦然、自在。

我很少看家长里短的电视剧，觉得婆婆妈妈的，但偶尔看两眼吧，又觉得细细碎碎的生活充满烟火气，也有意义啊。我整天瞎忙，觉得好想过居家的日子啊，可是，当我家里的电跳闸了、纯净水用光了、暴雨天卧室的窗户忘了关、我打开冰箱门把一大盒牛奶都洒在地上的时候，当各种鸡毛蒜皮的小事发生的时候，我发现我根本不享受。我烦躁、崩溃，我才发现，我根本不喜欢琐碎。

喜不喜欢一个人，这种情感简单明了，骗不了自己。但是喜不喜欢一种生活，其实是一种假象、一个误区。你喜欢的生活往往是你暂时无法拥有不曾体验过的，那你凭什么说你喜欢、你适合、你向往？至于你羡慕的同事一家人的生活，听起来很美，可我羡慕的是，他们碰巧喜欢去相同的地方，他们碰巧有能力一起创造并享受现在的生活，他们碰巧当初相爱现在仍愿意相守。

我们其实永远不知道自己想过怎样的生活，因为我们永远想过自己过不上的生活。生活匮乏卑微的时候我要名利，有了名利我要回归平凡，所以人生重大的决定我从来不认为应该建立在貌似冷静理性的分析上。

我不知道我该过怎样的生活，但是，我知道我想牵着一个人的手一起去寻找。还有，琐碎的生活当然有可能消磨掉美好的爱情，这挺可怕的，但更可怕的是，琐碎的生活一开始根本没有爱情让你去消磨。只有一地鸡毛的日子你要过吗？我不要。

扫码收听鲁小胖的回信

PART 6

上天眷顾勇敢去爱的人

在爱里无可救药地“犯蠢”

在情感上，唯一的答案就是时间。时间才是解决问题的方法，其他的，你只能等。

邹莹的来信

我痴念地爱上了一个大我十七岁的男人。

我们交往、相爱、在一起，但是短暂得还没来得及好好珍惜就即将结束。我执念地爱着他，我一直在努力挽回，我坚持势必要和他真正在一起。

有时候，坚持的背后已经饱含了我心中太多太多的忧愁苦涩，但是我不能够放手，我要继续追寻我的幸福直到换来他的回应。有时候，坚持得我都找不到支撑了。

我们寥寥无几的通话交流，更多时候是他没有任何反馈。我每天早晚各一条短信关心问候他，持续了近一个季度，想和他见面都很难……我清晰地知道自己还要继续追求下去，但已经得不到好朋友的支持和理解了。我可以完全不去在意别人如何看我，我真的单纯想和喜欢的他在一起。我要如何走下去？

鲁小胖的回信

看了你的故事，我的感觉，如果把我放在你的位置的话我会怎么做？我会先问我自己，我离开这个人还能不能活？如果一天都活不下去，我会选择死扛，我继续每天给他发短信，不管他理不理我，不管我有多委屈，我要咬牙。但如果我再问我自己，我离开他也许能够活下去，那我会当机立断不再理他，第二天我就不再发任何信息，不管多么难，都要咬牙扛过去这一段时间。你要不要学学我？超级自虐能忍。我无论多么爱一个人，有一天当我彻底绝望地意识到，他不爱我，不够爱我，我会消失，绝不绝不绝不再联系他！不管做哪种选择，有一点你必须要明白，痛苦一点都不会少。但这个没有办法，爱情中的痛苦跟伤痛没有任何人能够帮得了你，你只能自己咬牙把这段时间扛过去，我告诉你一定一定会过去的。

至于其他的该怎么办呢？有一点，你讲得不是很明白，但是我觉得这个人应该是已婚的对吗？如果是已婚的话，那真的没什么话说，不再理他吧。不是因为别的原因，仅仅是你这么年轻，你这么弱小，在他的婚姻跟家庭面前，你一点点胜算都没有，你只会更深地伤害自己。而且我觉得，你自己从零开始，建一个自己的生活，比去抢别人的生活要容易太多，要清晰太多。

在情感上，唯一的答案就是时间。时间才是解决问题的方法，其他的，你只能等。

还有，我说一句安慰你的话，痛苦也是情感当中的一部分，所以也没什么，该痛就痛。但是好的爱情应该没有那么难，应该没有那么多的伤痛。每一个决定都不要那么轻易地做出来，但是，一旦你做了一个决定，你必须要承担这个决定带给你的所有的后果，哪怕很伤痛，哪怕你真的快忍不住了，你都要咬牙忍下去，就是我们说的“咬碎牙齿和血吞”。人生就是这样，不能轻易做决定，但决定做了之后不能轻易改变，在情感上尤其需要这样。

还有就是，要相信我说的话，时间是解决一切问题的最好的答案。再等半年、一年，你回头去看的话，可能会想，我当初为什么会爱这个人的？可能那个时候连理由都想不起来了。所以不要着急，再给自己一些时间，好吗？

扫码收听鲁小胖的回信

那时有多甜蜜，现在就有多悲伤

我们每个人修这门课的投入程度不一样，天资不一样，碰巧那一年毕业考试题目的难易不一样，所以我们在爱情这门课上的毕业时间是不同的。

彤彤的来信

小月，我的大学挚友，昨晚在电话里很奇怪，没头没脑地开始扯章子怡怀孕都六个月了，一会儿又说隔壁换了新邻居，天天装修烦得要死。七大姑八大姨地扯了半个小时。

我撕了脸上的面膜坐起来问："方小月你说吧，要多少钱呢，本大王有个心理准备，什么银行，什么卡号？"

电话那头突然急了："彤彤你个'蛇精病'，我要是借钱早就说了。"

到底是什么事呢？

小月吭哧了半天，终于说："顾岚要结婚了。"

"……哦，结婚啊。"我有点蒙。

顾岚，是我的初恋男友。时至今日我再想起这个少年，已经记不太清他的脸，甚至忘了他额头上的疤，是在右边还是在左边。

但我记得他给过我纯粹的喜悦和残忍，那些狂喜像夏夜清风朗月里的北极星，熠熠发光；那些残忍像扎在掌心的刺，每想起一次就疼一次。

第一次遇到顾岚的时候他穿着理工科男生钟爱的红黑格子衫，淡蓝色牛仔裤，白色球鞋，说话一副跩得飞起的样子。起初，我是班里经常组织活动的班长，他是班里什么活动也不参加的高冷男神。那时的我们，大概谁也想不到，有朝一日会见证彼此最青涩的时光，牵扯彼此整个青春。

直到多年以后，回忆起来仍觉得好笑。他跟室友赌二十块钱能追到我，这货为了回本真的是好拼。不过，等我们真正爱上对方之后，才发觉这个世界上还存在着另外一个自己，有着相同的恶趣味和喜好，互诉衷肠，相见恨晚。

大学就这样理直气壮地过去，直到我们毕业。2010 年，我们一起租了一个一室一厅的房子，四十三平米，月租三千八。我们一起购置了许多东西，比如简易折叠衣橱、厨具、餐具以及被褥。顾岚做饭我负责洗碗，看到顾岚在厨房烟火缭绕地开火，我有时候会觉得恍如梦境：这就是生活吧。

刚工作的时候，顾岚总来公交站接我下班。北京的夏天你懂的，经常"看海"，顾岚举着伞站在马路牙子上伸着脖子等我回来。透过车窗外的滂沱大雨看到他，我总觉得幸福异常。他一瞄到我的影子就瞬间跳到齐膝深的水里，牵着我的手回家。

渐渐地我学会了做饭，厨艺还不错。小月经常来家蹭饭，你可以看到一个空姐挽着袖子在我家饭桌上狂吃的傻样子。看到他俩在我身边，感觉无比踏实，能和爱人、朋友在一起，已经是老天爷对我的恩赐了。

年轻的时候我们是多么单纯和毫无保留，似乎要耗尽全身的力气在这份感情里。人在满足温饱之后，就会觉得幸福这两个字和金钱没多大关系，甚至一点关系也没有。

但顾岚不是这么想的，他总想创业，成功学的书看了一大堆。至今我还记得他斩钉截铁地跟我说："老婆，等我有了结婚的钱，就马上娶你！"我深信不疑，只愿和他淡淡地生活下去。

接下来顾岚开始不停地跳槽，换高薪工作，难得在家吃饭。我们的谈话与日减少，或许是颠沛流离已经够累了，是啊，哪有那么多话可以说啊！以前吃花生，顾岚总是把花生的红皮儿捻碎再把花生仁递到我嘴边；每一次吃鱼都是把刺儿全都挑了，再夹到我碗里。可是后来，在家里沉默的饭桌上，我静静地望着他边玩手机边傻乐，手机锁屏也不是平常的密码。

当我有些迟钝地发现他的女同事天雪和他暧昧时，我们大吵了一架，顾岚发了毒誓说没有做任何对不起我的事，并换了工作作为收场，直到天雪在那个周末的中午敲开我的门。我几乎说不出话来，就连旁边的小月是怎么把她轰出去的，我都没能听清楚。

晚上顾岚回来之后直接质问我到底把天雪怎么了，她为什么一直哭。呵呵，她一直哭，你心疼了？一切都来得太快，心碎得让我猝不及防。我歇斯底里地让他在我和天雪之间做选择，反反复复把自己低到尘埃里，其间他还温柔地接了天雪一个电话。我在泪眼婆娑中内心几乎被绝望打倒，没等他挂电话，我便夺门而出。

人类痛苦的根源，大概是求而不得。

好在你终于结婚了，我再也不用时时刻刻惦念着你。

前男友结婚，但新娘不是我。鲁豫姐，我该怎么把这段感情放下？

鲁小胖的回信

Hello 大家好，我现在是在香港。简单地说一下，你们会觉得特别羡慕我，因为我下午拍了吴彦祖练拳击，白天跟着蔡澜先生吃了早饭吃中饭。但是吃这件事，生活中很美，拍起来太痛苦了。我早晨眼睛都还没睁开，从九点钟到下午两点钟，我吃了鸡、鸭、鱼、猪、牛、大肠、鹅、各种米粉、月饼，我这么坚强的胃现在都有点受不了。不过下午蔡澜先生说了一句话让我印象特别深。我当时就问他对于情感的看法，他总是云淡风轻的样子。我就说如果在情感上没有大的伤痛过，其实也挺没意思的。他说当然有，但是都过去了，因为我早毕业了。我说，啊，那什么时候可以毕业？每个人都可以毕业吗？他说当然。我特别相信他这句话，只是我们每个人修这门课的投入程度不一样，天资不一样，碰巧那一年毕业考试题目的难易不一样，所以我们在爱情这门课上的毕业时间是不同的。

彤彤今天问我这个问题，从你发给我的信息来看，你的前男友和他当时的那个新女友都犯了致命的错误，在我看来不可原谅，那就是不懂事。情感问题，不管是两个人之间的，还是复杂到三个人、四个人的，永远一对一解决，谁该对你负责，你就去找那个人，不要牵扯别人，尤其不能牵扯到无辜的那个人，就比如说你。两个人在一起怎么都好，分手时姿态非常重要，这就是看人品的时候。我这样说还真的不因为你是一个女孩，我向着你。我是一个没有什么性别意识的人，但是我非常相信面对情感问题的时候，人要有 decency，尊严非常重要。越是在痛苦的时候，越要有姿态、有尊严。你可以说我很迂腐、很矫情，但这是我相信的。

昨天是张爱玲的纪念日，我看到一篇文章，角度很新颖，写的是张爱玲、三毛和林青霞。其中讲到林青霞的一段情感。林青霞第一次见到秦汉，看他穿着白衬衫、黑色长裤，和她心目当中对白马王子的期待一模一样，瞬间爱上他，就是一见钟情。他们恋爱很多年，可是当林青霞订婚的时候，未婚夫并不是秦汉。后来两个人又复合，林青霞对秦汉说，她在订婚前一晚上从旧金山打电话给秦汉，就是希望秦汉能够阻止她，但是他没有。秦汉就说，你就是悲剧人生，在演绎悲剧，会有一个悲剧性的结尾。林青霞很倔强地说，我偏偏要做给你看，我就是要演喜剧。当然人生没有那么简单，后来她也没有和那个未婚夫结婚，也没有嫁给秦汉。

我想说的就是，这个世界上会有很多人勇敢到愿意为了爱情奋不顾身，而没有奋不顾身的人就是不够爱。但是我再告诉你一点，你甚至会忘记你最初为什么会爱上这个让你如今很痛苦的人，或者若干年之后，你想起这个人，心里会有一点点温柔的感觉，有一些伤感，也仅此而已。所以过程自己扛，但是结局我能够帮你看到。可是就像蔡澜先生讲的那样，你会毕业。我希望你在回忆起曾经喜欢过的那些男生的时候，心里面最好含着温柔和感激的心情。不论经历过什么，你现在要好好地过你的日子，生命当中会有很多来来往往的过客，无论谁来谁走，你永远要和自己相处。不被爱的痛，爱而不得的痛，失去挚爱的痛，暗无天日，生不如死，我了解。亲爱的彤彤，没有办法啊！我也常常害怕，如果一直沉浸在过去，走不出来，不再爱，也不再被爱了，生活还有什么意义？*Sex and the City*（《欲望都市》）电影版第一部中，Carrie 被 Mr. Big 在婚礼前夕放了鸽子，Carrie 心碎欲绝。闺密们陪她去墨西哥散心，她心如死灰地问："我还会有笑得出来的那一天吗？"闺密说："当然会。When something really really funny happens.（当真的好笑的事发生时，你肯定会乐的。）"果然，Charlotte 拉了裤子，Carrie 笑了！我一直记得那个情节，When something really really funny happens，我就会乐了！那个人，也许，也会出现了。

扫码收听鲁小胖的回信

等一个不爱你的人，就像在机场等一艘船

你觉得他不够爱你，担心你们没有未来，纠结要不要离开他，那他肯定是不够爱你，你们终会分开。

兰心的来信

你好小胖，我叫兰心，前不久刚刚离婚了，因为我老公有外遇了，我不想原谅他。我已经不爱他了，我也爱上了别人，一个有妇之夫。我并不想拆散他的家庭，只想默默地守在他身边就好。我知道这样不好，有好几次都想和他断了联系，可是隔不了几天就会发疯似的想他，怎么办？他爱我，可是更爱他老婆。我真的很想留在他身边，有什么办法能让他对我像对他老婆那样好呢？鲁小胖，帮帮我，感觉快要崩溃了。

鲁小胖的回信

我在家的时候，习惯坐在地上，看书、看剧、吃饭、喝水，偶尔起身去开冰箱，去洗手间，我就会把近视眼镜摘下来，随手放在地上，然后漫不经心地从眼镜上迈过去，心里会念叨一下：待会儿别忘了，别踩上去。

然后前天，我终于把眼镜腿给踩折了。墨菲定律说，所有可能会出错的事一定会出错。我越来越相信这一点。

会出错的事总会出错，感情亦如是。你觉得他不够爱你，担心你们没有未来，纠结要不要离开他，那他肯定是不够爱你，你们终会分开。我就是这么悲观。

我的女朋友楚，和前男友在一起五年，男友表示婚姻不重要，也不想要孩子。不要孩子这一点正合楚意，但结婚其实楚不排斥，只是人家也不求婚呢。

楚当然困惑、痛苦，五年了，这个男人没有表示过今生今世我们在一起吧。五年后，两个人分手了。又过了差不多一年半吧，楚从别人那里得知，前男友结了婚，而且有了孩子。楚崩溃、愤怒。

楚的遭遇让我坚信：一、如果你直觉爱情有可能变糟，那它几乎肯定会以悲剧收场；二、如果你怀疑对方不够爱你，那他百分百不够爱你。你们可以说我绝对、武断、cynical（悲观），但生活中一个又一个血淋淋的事实就摆在那里，没有例外。

兰心，你觉得你爱的那个人忽冷忽热，似乎更爱他老婆，那是因为——爱不爱我不知道——他的确没打算离婚，更没那么离不开你，你只是占了他生活拼图的一角而已。有了你，拼图的画面完整、鲜活，但是没有你，其他细节一样可以栩栩如生。你貌似重要，但其实可有可无。几乎所有婚姻、情感中的第三者都如此。

做第三者这件事我不去讨论对不对、该不该，这到了道德层面了，我们只说能不能、值不值、难不难。

我觉得不值，因为太难。两个人如果不巧，婚后才碰上彼此，那么对不起，请各自有理、有力、有节，坦诚地处理好自己的问题，再携手开始人生的下一页。否则，三个人或者四个人纠缠不清、彼此隐瞒欺骗，太没劲、太丑陋。

如果查尔斯王储都能够离婚，如果当年 Brad Pitt 都能够为了 Angelina Jolie 离开 Jennifer Aniston，那你还要忍辱负重，等着一个不会离开家庭没那么爱你的人吗？

一个人不管什么原因，不能摆脱旧有的生活，至少说明他对新生活没那么笃定，而不笃定就是不够爱。所以兰心，一切你都明白，那还有什么好纠结的呢？只是不甘心而已。

另外，人在情感上都是双重标准的。兰心，你说你老公有外遇，你不能、不想原谅他，可你自己还不是一样有了外遇？

婚姻是一种契约关系，你们都违约了，所以吃些苦、受些罚，认了吧。

扫码收听鲁小胖的回信

爱得那么委屈，不爱也罢

好的恋爱，相爱的人就会带给我们莫名的自信和勇气，让你的快乐、笑意从心底绽放到脸上。而带给我们无尽眼泪、黑暗的所谓情感，不要也罢。

包包的来信

鲁豫姐，我从大学开始谈了一场自己觉得很失败的恋爱。五年时间，一开始我喜欢他，他不喜欢我；后来我爱上他，他还是不喜欢我；再后来我对他的爱开始减少，他却开始喜欢我，并开始懂得珍惜我；最后，我彻底放弃这段感情时，他又回头来找我。我拒绝了，以为自己没事，可还是很难过。这段感情不断消耗着我的自信，让我觉得自己跟幸福无缘，脾气也变得急躁，不想和朋友亲近，时不时就会大哭一场。我不知道自己什么时候才能再过得和正常人一样。

谈一场永远无法同步的恋爱，真的很累很累。可是身边总有朋友对我说，爱是很难同步的。再相爱的两个人，也会有爱与更爱之分，总会有一方处于劣势。她们告诉我要对感情多一点耐心，多一些坚持，这样就会等到春暖花开。可是鲁豫姐，我真的不懂，我想要的爱不过就是我爱你的时候你也爱我，这真的很难吗？被她们说得我现在也不知道面对一场始终无法同步的恋爱，自己到底是应该坚持还是放弃。

拾荒的来信

小胖，你好！我是拾荒。5月时我认识了一个小哥哥，刚开始加他的联系方式时并不喜欢他，只是觉得他很厉害。后来却发现自己越来越喜欢他，还做了一些之前想都不敢想的事情。可是了解越多，就发现自己和小哥哥的差距越来越大。我是一个极其平凡普通的姑娘，家境一般，人也无趣，虽然年纪小，却没什么活力。小哥哥呢，他会趁着年轻做自己喜欢做的事，有朝气，有激情，不管在什么方面我都感觉自己和他不是一类人。我常常感到自卑。

小胖，我不是个善于言辞的人，有时候情愿一个人在某个角落里写写字、看看书、听听歌。可是遇见小哥哥后，我却常常在想，如果自己是个有趣的人那该多好啊！我不知道像我这种从小到大都毫不起眼的普通姑娘，到底应不应该不切实际地幻想那种不属于自己这个世界、比自己优秀许多的人？

鲁小胖的回信

我爱TA，TA不爱我，可我依然爱TA。这样自虐的情节天天上演。问题是unrequited love（单恋）能坚持多久？在爱的名义下，我们可以受多少委屈和痛苦？而委屈痛苦的尽头就一定是苦尽甘来吗？No，眼泪崩溃的尽头只有疲惫和麻木。

爱情和才华是一样的，对拥有的人来说仿佛与生俱来毫不费力，而你没有那就是没有。爱情和才华一样，只会消失，不会加深。

包包，你以为他回来找你是因为他喜欢你，珍惜你，他当然有一点喜欢你，只是那么一点而已。在他完美的小世界里，你是他熟悉、安心，却不在意、不重要，但缺少了又不完整的那块拼图。他需要你一直在那儿，不吵不闹，隐忍坚持，固执地爱他。

这样的人物情节设计放在电视剧里会被骂脑残的，可回到生活中又会被解读为一往情深。没人骗我们，是我们被自己一厢情愿的爱情骗得一愣一愣的。其实到最后，我们不是舍不得对方，而是舍不得自己的爱情和时间。所以千万别回头。五年的时间已经太长了，一段糟糕的单恋会毁掉一个人对生活的欲望，没有爱情的人生只是平淡而已，而失去胃口的生活则会是地狱。

包包，他不爱你，也不会如你希望的那样爱上你，所以，忘记，翻篇儿，move on，继续寻找爱你的人。相信我，现实中翻篇儿和心理上翻篇儿是有时间差的，所以要有耐心，再坚持半年吧。

拾荒的信也让我有些感慨，我跟你们说过，我是个不够自信（有时极不自信）的人，可是在恋爱的时候我会吃醋、会担心，却从不会觉得自己不够好。恋爱时的我脚步轻快，神采飞扬，我的自卑、不安全感会完全消失，我觉得自己够美好，够可爱，就应该被深爱。

好的恋爱，相爱的人就会带给我们莫名的自信和勇气，让你的快乐、笑意从心底绽放到脸上。而带给我们无尽眼泪、黑暗的所谓情感，不要也罢。

扫码收听鲁小胖的回信

你别皱眉，我走就是

有的人幸运，人生是一出精彩大戏。有的人惨，演的是悲剧、是滑稽剧，是无人关注的不入流小制作。但无论是什么，所有的人生都不是独角戏，不是独幕剧。

笑笑的来信

鲁豫姐你好，我是笑笑。

大学时的某天，我去图书馆看书，偶然看到了你的《心相约》，我觉得你有一种魔力。你形容的大杯滚烫的黑咖啡很好喝，你形容的十年如一日的早晨，都让人忍不住去尝试。我当时特意买了酸奶牛奶葡萄干，更主要的是你形容的新闻报道让人兴奋，然后我也做了新闻。

也是在大学某天，我喜欢上一个男孩儿，这一喜欢就是七年。

很久以来，男孩并不喜欢我，为了维持他对我的好感，我做了很多事。男孩家境一般，为了不让他有负担，我小心谨慎地处理我们的关系。渐渐地，我感觉他的心被焐热了。前段时间我跟他相约出去旅行。逛街时，他在我不知情的情况下偷了店里的一对耳环和一顶帽子，出店门时被当场抓住。他缴了罚款后，我用毕生所学让当时的空气不尴尬。

临别时，他跟我说小时候父母离异什么的……鲁豫姐，我有点过不了心里的坎儿。白羊座就是爱憎分明，无法圆滑处事。我好难过喜欢了七年的人，人品居然有问题，我甚至开始怀疑自己。再后来我看到他微博的另一个账号，某种感觉告诉我，他是个 gay。

姐，我好难过，但是又忘不了，也不知道如何割舍。我该怎么办呢？我好想听听你的想法。

鲁小胖的回信

上周末我特别文艺，严重感冒，还带病去看了从伦敦现场直播、抖森主演的话剧 *Coriolanus*（《科利奥兰纳斯》）。

与其说我文青，不如说我有点花痴，要不是抖森，我想我不会一把鼻涕一把眼泪挣扎着从床上爬起来。

好吧，上个礼拜我刚刚说了帅对我没有杀伤力，现在就自己打脸。可是我的意思是，我的确不会喜欢一个除了帅还是帅，其他一无是处的人。可是，如果这个人又帅、腿又长、声音又好听又会演莎翁戏剧，我想我会动心吧。

爱上一个抖森这样的人，会是一种怎样的体验呢？

舞台上，抖森目光深邃、双腿修长。女导演特别知道大家的需求，安排抖森脱了上衣，又换上了几乎透明的长袍，反正有那么一瞬间，我快失去对英国戏剧的尊敬了。

它们并不只负责高雅，它们也卖腐。

可是抖森真的很美好、有魅力、有才华。爱上这样的人，是幸福，也是一种 curse（诅咒）吧。我身旁的闺密一直对着银幕上不断亲吻抖森的女主角发出各种怪声，玩笑地表示抗议。

如果，你的男友是抖森，这将是你的生活常态，你要学会和全世界分享他，你会时时感受到自己的渺小和不足，你会警惕、焦虑、嫉妒，患得患失。

我的女友丽丽，就爱着一个极有才华、有魅力的成功男人。丽丽的爱情是我所见过的最痛苦、最纠结、最匪夷所思的，每次看到她，我就明白张爱玲说的“低到尘埃里”是什么意思，可是丽丽依然坚持着，因为爱情是欲罢不能。

我的另外一个女友 Phoebe 的老公，人真不坏，可就是历史不清白。Phoebe 呢，要能力有能力，要长相有长相，她的老公吧，至少看起来不那么赏心悦目，可是 Phoebe 哭过闹过之后，依然选择坚守，因为婚姻更是欲罢不能。

一段所谓成功的婚姻，多半是由欲罢不能的爱情开始，最后由欲罢不能的生活将两个人牢牢捆住。

这些呢是我今天的感慨。

笑笑来信说，她单恋一个男孩七年，没有回应但是从未动摇，可是，漫长的一厢情愿刚刚有些眉目，现实就让她的恋爱有些溃不成军。

男孩小偷小摸，可能是未出柜的 gay，每一条都足以成为 deal breaker（这段关系的终结条件）。

这不奇怪更不可惜，这些问题一直都在，只不过以前隔得远，看不到而已。

笑笑，从始至终，你的爱情只是你的独角戏，你欲罢不能的只是你的感受，那个男孩好或不好、gay 或不 gay，都不在你的剧情里，人家从来都不是你的，所以根本谈不上割舍。

有的人幸运，人生是一出精彩大戏。有的人惨，演的是悲剧、是滑稽剧，是无人关注的不入流小制作。但无论是什么，所有的人生都不是独角戏，不是独幕剧。

我就是带着这样一种好奇加死磕的心情，等着看下一幕、下一场会有怎样的异峰突起。

笑笑，你也这样吧，一边翻篇儿，一边等待你的下一幕。

扫码收听鲁小胖的回信

让你们爱情走到尽头的究竟是什么？

对于婚姻的走向我基本是悲观的，但婚姻的开始必须是两情相悦，是信任。也许将来你会爱上别人，但至少现在你全心全意地爱我这就够了。

小土豆的来信

鲁小胖，我今年二十二岁，开学就大四了。男朋友是我们学校的留学生，非洲的。我们在一起十个月了，彼此都没办法用对方的母语沟通，平时都用英语交流。虽然因为文化差异以及生活方式的不同，我们有时并不能理解对方，会争吵、会赌气，但是不超过两天就会重归于好。他是那个让我想起未来生活就会嘴角上扬的人。

他是个穆斯林，允许一夫多妻，他们会有很多关于婚姻的条例。他毕业了就得回国，并且已经申请了学校。一想到他 9 月就要离开我，我就好想哭。我身边的朋友都说中国男人又没有死光，你干吗非要找个非洲的。但是我知道我爱他。我多想像别人一样，哪怕异地恋，也要去等。可是我心里知道我们在一起的机会渺茫，他毕业了只会去得更远，阻隔我们的东西又太多。不知道该怎么办，要再努力一下吗？小胖，你说我们还有可能在一起吗？

鲁小胖的回信

每次后台小编给我推送来信的时候，都会给每封信加个标题，小土豆这封信的标题是“信仰不同是否还有在一起的机会？”我觉得小土豆的问题特别高级。

信仰这个词儿根本不在我的日常语汇里。我没有宗教信仰，没有政治信仰，我也不知道像我这样没有信仰的人，支撑我前行的动力到底是什么。而一个有着明确信仰的人（这个信仰不反人类），我由衷地羡慕。

可是，信仰和生活方式是两回事儿。

我尊重宗教，但我不一定认同宗教下的某种特定生活方式。“不认同”的意思是：你过你的，我不指手画脚，但你也别影响我，恕我不能从命。

小土豆，你的恋爱还真是挺酷的。非洲男友，我首先想到的不是宗教语言的差异，而是一个更简单粗暴但更残酷的事实：肤色。还好我们是用中文在沟通的中国人，还可以平静理性地探讨关于肤色的话题，这要是在欧美，仅仅因为非洲你就想到肤色，这已经大逆不道了。还好我们都不极端，更不是种族主义者，我们只是有着各种担心和恐惧的普通人。

小土豆，因为在信里你没有提到肤色的问题，这样我吃不准你男友的民族和你的态度。也许你更自由、坦荡、没有偏见，根本不在意这些细枝末节；也许你的环境特别平等、博爱、世界大同，只尊重每一个独特的个体。

即便如此，我还是要提醒你，人是有偏见的，社会并不温厚、平等。现在、将来，只要你们在一起，你，你们，和孩子，势必要比我们承受更多。不过，现在的问题是，你们估计走不到有未来的那一天，横在你们中间那座迈不过去的山就是那个生活方式。

婚姻本身就是千古难题，一对一的关系能处理好的都没几个，你给我弄个一对多，从技术层面我根本 handle（应付）不了。

没有别的办法，你得和你男友聊聊这些问题。你就开门见山地问他：你想和我有未来吗？如果不想，就此拜拜。如果想，你继续问，将来结婚了，其他的生活习惯你可以尊重、迁就他，但他能承诺、尊重一夫一妻吗？

如果可以，你们再探讨毕业后两个人一起深造、发展的计划。如果他在一夫一妻的问题上模棱两可，那亲爱的小土豆，你们现在就拜拜，真的别再废话了。

很多事儿，没发生就不算数。但有些事，只要有万分之一的不确定，我就当它已经、肯定、一定发生了。

对于婚姻的走向我基本是悲观的，但婚姻的开始必须是两情相悦，是信任。也许将来你会爱上别人，但至少现在你全心全意地爱我这就够了。如果从一开始我就知道，将来我要和好几个人分享一个人，这种事儿，真的，超出我所有最疯狂的想象。

我再说一遍，信仰不是问题，信仰带来的固有思维和生活方式才有可能成为情感杀手。所以小土豆，聊聊吧，不聊你怎么知道呢？万一聊崩了，也好过你回到裹小脚的日子呗。

门儿都没有。

扫码收听鲁小胖的回信

爱上朋友的另一半可不可以挖墙脚？

在你遇到黑暗的时刻，家人可能不在身边，也许没有爱人，可是朋友总会在。

林轩的来信

简单说，她是我哥们儿的女友，我和我哥们儿是非常非常好的朋友。

毕业后，我们仨在不同的城市工作。去年，哥们儿的女朋友和我联系上了。那段时间她工作不顺利，我就说了些关心的话，之后我和她通话的次数就比较多了，不过那个时候真的没有想和她有别的关系。但是一来二去，每次她都主动给我发信息，让我打电话给她，一聊就是大半个小时，就这样我对她有了好感。

他们有次吵架，闹得很大很凶，就分手了。然后我就主动陪她、安慰她。顺理成章地，我们关系更近了。我们常常打电话，每到她生日，礼物是一定会送的。我在上海上班，她在无锡上班，这中间我还去无锡见过她几次，她也来上海玩过，在一起时大家挺开心。

年终业务很忙，我们的联系很少，但是我心里还是有她的。这个星期，我哥们儿突然给我发微信，说："你觉得她怎么样呀？"我听后惊到了。我说她非常好，心想他怎么会突然问我，心里怦怦直打鼓。他接着说今年要把她带回家过年，见家长，订婚。

虽然我知道她肯定隐瞒了他们又在一起的事实，可是我还爱她。但是我要"挖我哥们儿的墙角"吗？我该怎么办？

鲁小胖的回信

我总说关于爱情的问题，没有什么该或不该，只有爱或不爱，我自己从来不，我也特别讨厌别人从道德的角度去评论或质疑别人的爱情。但是！但是！但是！有一件事情不可以做，哪怕顶着爱情的光环和名义都不可以做，那就是闺密的老公和男朋友，哥们儿的太太和女朋友，你绝对不可以去爱，这里的爱是一个动词是动作，心里可以爱可以喜欢，那你就憋在心里，绝对不可以付诸行动，否则，我鄙视你。

林轩，你可能觉得我刚才的话简单粗暴，我们怎么可能管得住自己的心呢？的确，我们管不住自己的心，但是能管得住自己的行动，我可以特别肯定地告诉你，我不会去喜欢我闺密的另一半，好，就退一万步讲，我碰巧喜欢了，那就是打死我，我也不会越雷池半步，这不是因为我有多高尚，是我的心里有一个底线，我永远不会跨越这条底线。

请你再看一遍英国电影 *Love Actually*（《真爱至上》）。其中一个情节，我每看必流泪。伴郎爱上了自己哥们儿的新娘子，圣诞之夜，他将所有表白爱意的话写在了纸上，一张张翻给女孩看。然后，转身离开。女孩愣了一秒钟，冲了出去，追上他亲吻了他的嘴唇。那一吻，就是他们的永恒。这，就是当爱情和友情发生冲突时最美妙而伤感的结局，但是高贵无比。

我生活当中会碰到很多无解的问题，我常常是一遍又一遍去向我的那些闺密倾诉，跟她们分享，她们的陪伴对我至关重要。在你遇到黑暗的时刻，家人可能不在身边，也许没有爱人，可是朋友总会在，所以我永远不会做任何背叛和伤害友情的事情。

所以，林轩，我现在看到的是一段朦朦胧胧的喜欢，和一段很真实的友情，不管你们之间已经发生了或者没发生什么，到此为止吧！

扫码收听鲁小胖的回信

没有不幸的婚姻，只有不幸的夫妻

曾经相爱的两个人，要用恋爱时的诚意和努力试着激活自己的婚姻，因为曾经的深情值得我们再次全身心地付出和努力。

Elly 的来信

鲁豫姐你好！我是你的忠实粉丝，我对你的爱情观非常赞同。现在我的生活遇到了一点问题。我和老公是研究生同学，相恋两年，一毕业就结婚了，现在结婚三年，孩子两岁多。刚结婚时，我们感情很好，基本上不吵架。我们买的是期房，生完孩子后就在两边父母家住，其间因为育儿理念不同，常常吵架。虽然我们现在有房有车，可是我觉得我们之间已经没有了爱情，在一起甚至无话可说。我老公是事业心很重的人，平常工作很忙，回到家后常常脾气不好，他从不在意我的感受，也不愿意跟我沟通，有时候我真的对我们的这段婚姻失去信心了，可为了孩子我还得继续，我要怎么做才能使这种情况有所改善呢?

鲁小胖的回信

今天我要给Elly回信。先跟你们说个名人八卦吧，当然是真的，不过主人公是谁，打死我也不会告诉你们。故事很老套，剧情也很简单，一个女明星嫁入豪门，婚后的生活外界看来很美，但其实甘苦自知。女明星婚后老公有各种故事，所以女明星一直很压抑很痛苦，她的闺密就劝她：你当初嫁他是因为爱他，还是因为他有钱？就一句话，冷静、残酷，但是切中要害。

婚姻中，我们未必种瓜得瓜，但往往会心想事成，当然是好事坏事见仁见智。你要物质上的安全感，要后半生的衣食无忧，你得到了，那还有什么可抱怨的呢？这就是婚姻。至于我，我将来会变成什么样子我不知道，我将来会不会跟生活妥协认命我不知道，但至少现在，我知道婚姻对我而言，它的开始只是源于爱情。所以，有一天我的爱情消失了，我的婚姻就失去了存在的理由。

可是Elly，从你的字里行间，我感受到的是，当初恋爱两年你决定结婚的时候，爱情只是其中一个小小的理由，还有别的原因，比如你到了该结婚的年纪，你想尽快地要个孩子，你想有稳定的生活，想有自己的有房有车的日子。可三年后的今天你说，爱情好像不在了，那婚姻该如何继续？既然三年前，爱情绝对不是你结婚的唯一的理由，甚至我不认为是最重要的理由，那么三年后的你，也不可以草率地仅仅因为爱情，就放弃你的婚姻。

爱情可以任性，因为爱情是“我相信”，但婚姻是“我愿意”，透着隐忍、坚持，当然还有辛苦。不要草率结婚，更不要轻易离婚。人们说有一天，爱情终会逝去，会变成亲情。我其实仍然全身心地抵触这句话。可是，如果它是真的，那在爱情被琐碎生活磨灭之前，我们总要努力，尝试挽救它。我很讨厌把两个不相爱的人用责任义务等等绑在一起，但我认为，曾经相爱的两个人，要用恋爱时的诚意和努力试着激活自己的婚姻，因为曾经的深情值得我们再次全身心地付出和努力，至于结局，只能听天由命，但愿上天会眷顾勇敢去爱的人。

扫码收听鲁小胖的回信

姑娘，准备好婚了吗？

我相信爱情，也相信婚姻，但是这个前提，婚姻必须要建立在爱情的基础之上，你要够爱这个人才跟他在一起，不爱，其他的条件都一定一定不要成为你们携手的理由。

某某的来信

在这不尴不尬的年龄里，每天都浑浑噩噩地过，我不知道我的人生里有没有爱情。我们的婚姻是为了结婚而结婚的。当时我二十五，他二十九，双方家长都有点着急了。我们是相亲认识的，认识三个多月便去登记了。现在想起来那时的我也是对自己不负责，觉得这个男人老实可靠，就稀里糊涂地嫁了。虽然现在他还是一样老实可靠，但家庭生活却让我对他有了别的看法。他和我结婚也是为结婚而结婚的，他对我也没有爱情，只是觉得我适合当老婆。他是家里的长子长孙，有两个亲妹妹。她妈妈最疼爱的是老三，家里什么事情都要她来定，养成了他儿子遇事犹豫不决、没主见的陋习。然而，和他妈一起住，我是周身不爽。她把小女儿当成是宝，把我当成是草，还要我以她女儿是宝的姿态来对待她女儿。说真心话，我做不到！ 这场婚姻，我不知道是该继续还是结束。没有爱情的婚姻真的没什么可留恋的吗？一出现问题就赖在爱情身上？

鲁小胖的回信

今天录音有点早，可能嗓子还没醒呢。这位朋友，你没有留下姓名，我不知道该怎样称呼你，反正我现在有点怪你，我觉得你会让我做一个恶人。因为我们中国人是不习惯劝别人分和离的，所以我现在说一说我会怎么做。

我是特别不理解，一个人不是因为爱而结婚。你不要告诉我因为这个人很老实，他家的经济条件很不错我就嫁给他。够爱是唯一的标准。也许有一天爱情会变化，爱情也会变成亲情，但你至少不会后悔，因为够爱。如果这个人今天他有十万，你觉得很有钱，但明天你碰到一个有二十万、三十万的呢？如果今天你觉得这个人没有对我发脾气，他事事都听我的，他脾气很好、很老实，那你明天碰到一个比他性格还要随和的呢？所以你的痛苦不在于他的妈妈更喜欢他们家老三对你没有那么好，而在于你不爱他，这才是一切痛苦的根源。因为人的承受力真的很强，如果你够爱这个人的话，有很多处理的方法，你们可以试着搬到别的地方，但前提是你想不想跟这个人在一起生活。你现在的问题是你在找一切的理由和借口说服你自己离开这个人，离开这个家。

我没有见过你，所以你的婆婆是不是那么“恶”，你老公是不是真的像你说的那么面，我都不知道。但是我相信你的判断，你嫁给他不是因为爱情，而现在你在为当初的这个决定付出代价。至于现在你该怎么办，真的好难，你当初做了一个草率的决定，如今不能再做另一个草率的决定。如果你有孩子的话，请你再思考至少一年的时间，因为婚姻解体对孩子的影响太大、太大了。如果没有孩子，婚姻就是你们两个人的问题，但你还是要给他和给你自己一些时间。据我看来，你们的婚姻当中没有劈腿，没有家庭暴力，甚至没有太过糟糕的外在的表现，只是因为你心里不快乐，没有幸福感。如果你不能够面对他的话，两个人先分开一段时间，各自去思考一下我们到底要什么。很多时候当你把问题摊在桌面上来讨论的时候，你会发现你对面那个人也许没有你想的那么糟糕呢。

所以，各位亲爱的朋友，请你们原谅我的白日梦、不切实际、年轻心态、公主病，各种，你们随便说，但是我必须要重申我的观点，我相信爱情，也相信婚姻，但是这个前提，婚姻必须要建立在爱情的基础之上，你要够爱这个人才跟他在一起，不爱，其他的条件都一定一定不要成为你们携手的理由。

三毛在书里面写，荷西有一次问她，你会嫁给什么样的人？然后三毛说，看着不顺眼的话，百万富翁也不嫁，看着顺眼的话千万富翁也嫁。然后荷西说，说来说去，你都是要嫁有钱的人。然后三毛说，如果嫁给你的话，吃饱饭就可以了。

当然这是文学创作，但是说明生活中你必须要有这样的观点跟态度。在婚姻面前只能有唯一的标准，就是爱情。

最后对你说两句话，一句有点站着说话不腰疼，甚至有点幸灾乐祸，就是人在恋爱中可以任性，在婚姻中不要任性。再说一句鸡汤式，千万不要用一个错误来解决另一个错误。还是希望你能够快乐和幸福。相信我，你的日子还真的没有到过不下去的时候。

扫码收听鲁小胖的回信

多少不幸的婚姻，都是这样开始的

婚姻本身就够难的，就够让人悲观的，高开低走几乎是常态，起步要不要就这么低呢？

安欣的来信

小胖你好，我是安欣。我现在在长沙，一个人，刚从两年的婚姻里逃出来。他应该在找我。

他是我从小就认识的大哥哥，原本有个相处七年的女朋友，感情非常好，女孩人也很好，俩人看起来很登对。但因为某些原因，大哥家里人一直不喜欢女孩。拗不过家人，前年 6 月，他们分手了。

我和他是前年 10 月办的婚礼——在他分手四个月后，经我们双方家人撮合。他对我非常好，遇事顺着我，生病时周到地照顾我，生气时也不会跟我吵，过生日会送礼物。近乎一个完美丈夫。

可是，小胖，作为女人，我能感受到他并不爱我。他只是像亲人那样在尽一个丈夫的义务，让自己释怀，也不至于让我感到不幸。认识这么多年，我了解他。

我爱他，可他从来只把我当妹妹。离开他，是为他好，希望他幸福，希望他能和真正所爱的女人在一起。

我好想他，妈妈说他在找我。我不能回去，我们没有登记，他并不受约束，他是自由的。可妈妈说他现在很不好。小胖，我很难过，到底怎么做才能让我们都快乐？

鲁小胖的回信

今天上午我参加了一个国际论坛，碰见了香港前财政司司长梁锦松。如果你不知道他是谁的话，那我换一个介绍方式——他是奥运跳水冠军郭晶晶的师姐伏明霞的老公。这样说有没有好点？

我上个月25号在香港红馆郑秀文的演唱会上见过他们夫妇，他们俩就坐在我前面一排。那场演唱会大家都很嗨，多半时间都是站着听的，一边听一边挥荧光棒，梁锦松居然也是那样。

听歌的时候他会偶尔用胳膊搂住伏明霞，而且自始至终，两个人的身体都是微微靠向彼此的。

我觉得语言、文字、表情都可以撒谎，但是我相信人在放松、自然状态下的本能的身体语言。他们俩之间是怎样的爱情我不知道，有多幸福我也不知道，那些太私密，除了当事人谁也不知道。可是我看到并且相信的是，他们的婚姻 works（行得通）。

虽然年龄相差二十六岁，经历、学历、背景、成长环境都有巨大差异，你也可以质疑他们当初为什么在一起。但是，在结婚十四年、有了三个孩子后，一对夫妻还可以在私下里仍然有那种亲密、自然的互动，我只能感叹：有些婚姻，就是行得通。

这是我今天的感慨，然后呢，我就看了安欣的信。第一反应是，你韩剧看多了吗？接着就对你老公——很抱歉我这么说——真的充满了严重的反感。

他和前女友相爱七年，因为外界压力分手，分手后短短的四个月，就可以和你结婚。他要么心大，要么心冷——无论哪样，换作我，我反正不会嫁给他。

凭什么呀，婚姻本身就够难的，就够让人悲观的，高开低走几乎是常态，起步要不要就这么低呢？

你差哪儿了？要做别人的替身吗？

你老公，他千万别做出尽心尽力的好丈夫的样子。心不在这儿，魂不在这儿，只是一个人一个躯体，你要他干吗？

好，你说你爱他，那我就没什么可说的了。那就请你在婚姻中装聋作哑，不要挑剔他人在家、心在外，更不要玩失踪。想在一起，你就得睁一只眼闭一只眼。如果眼里不揉沙子，那就只能干干净净、清清楚楚地分开。

什么卧薪尝胆、忍辱负重，在真实的生活当中这些都没有用。

你离开、躲避、成全他人，听起来高风亮节，但是你骨子里是希望他幡然悔悟哭着喊着回来找你，说他爱你。

这些套路，韩剧中有，都已经够滥的了，生活中真的不会发生。

他即便来找你也是因为生活现实，因为即便你们没有领证也是摆了婚宴昭告了天下，在一起生活了两年的夫妻。所以安欣，用苦肉计，没有用。

你们婚姻的开始在我看来挺匪夷所思的。既然他不爱你，你又清楚他的动机，居然大家还一起往火坑里跳，我搞不懂。先结婚后恋爱这回事儿，我不信。

安欣，爱情它的残酷在于，一个爱你的人有可能有一天不再爱你；而一个不爱你的人，基本上没有可能有一天爱上你。而婚姻，它的可怕和可贵之处在于，不管有没有爱，只要你愿意，它就有可能存在。

爱情会让你燃烧，但婚姻才有可能带来温暖。二者不能兼得的时候，你要什么？想好以后，请你回家，面对一切。

扫码收听鲁小胖的回信

PART 7

话题

我是三十岁的“剩女”，你有意见？

我们没有被剩下，我们只是选择一个人。主动和被动的语态是两种截然不同的人生态度。

July 的来信

鲁豫你好，之前一个朋友推荐了你们的公众号，后来就一直在默默关注。最近太压抑了，想找你聊聊，这么晚了，不知道是不是打扰你了。

我今年三十了，就是很多人嘴里的“剩女”吧。以前谈过一个很久的男朋友，分了之后一直没走出来，所以没再找。一直想等自己调整好状态再开始新的感情，但是发现周围的环境已经让我觉得压抑，透不过气了。

我以前很喜欢和我妈通电话，聊一聊生活上还有工作上的事，但是后来我妈张口闭口就让我回去相亲、留在家乡，后来通话就少了，现在连春节回去都说不上几句话了。

还有之前我们有一个闺密群，大家经常一起出来逛街买衣服，现在其中的两个姑娘有小孩了，能够出来逛街的时间少了，而且每次电话或者微信聊天的内容都是孩子，像什么奶粉代购，或者婴儿产品的选择。她们俩聊得挺开心的，我却插不上话，特别尴尬。

感觉从什么时候开始自己的人生停滞在了原地，而周围的人都已经走得很远了。我开始听不懂她们的聊天，开始觉得自己无法融入她们的圈子。想问问你，作为大龄单身的我，如何才能调整好自己的心态?

鲁小胖的回信

今天的有感而发是因为又一个三十岁的大龄单身女性的来信。

今年纽约 Met Ball 上，麦当娜穿了一件黑色露臀晚装，我觉得不好看。我喜欢那种低调优雅的时髦，如果太夸张、太前卫、太暴露的话都不是我的菜。

但是我很欣赏她的态度。估计是她的红毯造型后来被骂惨了，几天以后麦当娜发表了一份声明。她说：

“My dress at the Met Ball was a political statement as well as a fashion statement. The fact that people actually believe a woman is not allowed to express her sexuality and be adventurous past a certain age is proof that we still live in an ageist and sexist society. If you have a problem with the way I dress it is simply a reflection of your prejudice.”

她说，我在 Met Ball 红毯上穿的裙子是一份政治声明，也是时尚宣言。有人会认为女人到达一定年龄后就不被允许表达自己的欲望、不能有冒险精神。这恰恰说明我们所处的社会充满年龄歧视和性别歧视。如果你对我的穿着有意见，那是因为你心里有歧视。

我以前从来不觉得一件衣服会有那么严重，就像我以前不觉得“剩女”这样的称呼有什么大不了。是有调侃，是有些恶意，又怎样呢？一个名称而已。可是，麦当娜的声明让我想了很多。有些貌似无伤大雅的玩笑、评论、称呼，就是明目张胆的歧视、恶意，我们为什么要大度地一笑置之呢？

我之所以说这些，是因为很多来信的都是女性，是所谓的大龄女性，她们单身并且渴望爱情。那大家的问题归根到底就是：要不要妥协？

我的观点：感情世界是我和我自己的战争，与别人无关。一个人如果太孤独了，那可以去相亲，去试着喜欢一个第一眼并没有热烈爱上的人，那是因为想要改变自己的状态而小小地妥协一下。谁也不能决定我在什么样的年纪过什么样的生活、该穿什么样的衣服。我要犯我自己的错误，我认。

剩女这样的词以后不要再说了。“We are not left alone, we

choose to be alone.”我们没有被剩下，我们只是选择一个人。主动和被动的语态是两种截然不同的人生态度。

声明，我完全不激进，我也不女权，我绝对不主张革命，我唯一珍惜的是身心的自由。对我而言恋爱与否听命，结婚与否听自己。

“我的人生我做主”这样的话简直就是笑话。我的人生，难道你做主吗？

扫码收听鲁小胖的回信

直男癌别拿刻薄当率性，直女癌别拿无礼当有趣

礼节、分寸、边界这些东西并不是在压抑人性，它恰恰是在守护人性。

匿名来信

先声明，本人支持一切正当、理性的性别平权观念。下面容我吐个槽。

以我跟身边女性好友的交流经验看，眼下对男性言谈举止的苛责程度简直有点文字狱的意思了。有一位男明星，是娱乐圈里人尽皆知的 gay。前阵子她们凑一起就舔屏啊，说这种百年一遇的大帅哥步入弯途浪费资源啊。我就开玩笑，说我也觉得好多女同性恋那么漂亮，不留给男人机会太可惜了。然后那几位突然就矛头直指我直男癌讨厌恶心呸。这咋连玩笑都开不得了？我不就把你们的话重复一遍吗?

之前看过一个帖子，说“周杰伦想要儿子为什么你们不说他重男轻女”，然后下面高票回复是“他是典型的直男癌”。我想问问这些点赞的女生，为什么你们一定要动不动就说别人直男癌？明明是个人喜好问题。一言不合就给别人扣“直男癌”的帽子，这样好吗？

时间一长，只要身边有女生，我话都要想三遍才敢说。说拒绝女生婚前堕胎是直男癌，说支持老婆结婚后在家带孩子照顾老人是直男癌，说建议女生自己晚上出门不要穿太暴露也是直男癌。

我就是拒绝、支持、建议一下下，没有强迫没有优越感没有道德评判，至于吗？

我们几个哥们儿凑一起说，以后“拜金女”“绿茶婊”“心机婊”“独立婊”“渣女”这种词统统要戒掉，描述女人的负面用词只能女人自己说，我们一说一定会被骂直男癌。安全起见，以后遇见三十岁以上单身女性不谈婚姻话题，遇见女司机不谈技术问题，遇见任何女性都不谈处女问题，结婚了老婆问喜欢男孩还是女孩一定要说女孩，问能不能辞职做家庭主妇一定要说“我永远准备好养你同时无条件支持你做独立女性的任何选择”……

如果这就是所谓非直男的标准，我只能说你们自娱自乐就好。支持女性平权但不能连真心话都不听了。到底什么是直男癌？女同胞们，能不能别一言不合就骂直男癌？

鲁小胖的回信

大家春节过得好吗?

我还没回到北京，我所在的地方今天下雨，刚才雨还不小，可能你们会从背景声当中听到下雨的声音。

我不喜欢过节的原因，是因为你被强行地拖离平常那种忙碌的生活，然后当你刚刚适应懒散，假期又过完了，你又被推回到最开始的日子。一件事开始、结束都由不得你，这种感觉很不好。

估计像我这么矫情的人，多半会被贴上强势啊女权啊一类的标签。强势我估计我跑不掉，但女权我还真不是。我的性别意识不强，有时我甚至会怀疑自己缺乏同情心，因为我特别反对谁弱谁有理。

我讨厌或者喜欢谁和性别无关。我朋友圈里拉黑过几个人，直男癌直女癌都有，总之都是那些自己不一定怎么样，却有着迷之自信、口不择言、特别刻薄的人。

成年人讲话真没有不过脑子的权利。

当你的语言有可能伤到别人，你就必须想好了再说，千万别打着率性、自由这些旗号。语言会影响行动，而行动决定结果。带有歧视意味的语言说得多了，就会让歧视的行为成为常态。

如果，一个男人觉得在女性面前越来越张不开口，什么玩笑都开不了了，那就别说呗。本来这个世上除了你妈你姐你老婆女朋友女性哥们儿，你也不用和普天下所有的女人打成一片。

同样地，女性们也一样，这世上除了咱爸咱弟咱老公男朋友男闺密，没有哪个男人该替你买单该替你拎箱子。这个世界残酷，但公平。

男人们对付女人的利器无非就是年龄、身材、长相，而女人们呢，尖刻起来也可以用光头、肚腩、审美恶俗去回应。对于这些你可以一笑置之，也可以火冒三丈，可是有些雷区就是不能踩。

哪个男的如果当着我的面调侃女人到了一定年纪之后不婚不育怎样怎样，或者调侃董明珠这样的成功女性，或者用诸如“绿茶”“心机”，后面加个恶心的字去调侃某个或某些女性，我一定跟你争论，我一定把你拉黑。

也许我就是这么小气，这么开不得玩笑，因为有些玩笑就是不能开。

亲爱的匿名男性朋友，别说你了，我碰到蠢笨、无礼的女性也会厌烦，可是我也厌烦那些蠢笨、无礼的男性，所以我想我厌烦的是蠢笨、无礼本身，想必你也一样。

礼节、分寸、边界这些东西并不是在压抑人性，它恰恰是在守护人性。

新年新气象，但愿。可是新年之后如果一切照旧，我想我也能接受。

扫码收听鲁小胖的回信

全世界都为六十四岁的她狂欢，除了沉默不语的直男癌

如果我们不纵容那些丑陋、猥琐，拒绝被物化，拒绝被有关年轻和外貌的要求、评论束缚和打压，拒绝在婚姻、爱情、生活、事业中做一个受害者、有受害者心态，也许，我们也可以改变大环境。

晓岩的来信

鲁豫姐，我先说下我的情况：二十五岁，女，单身，工作两年，有过两段感情经历，对爱情怀有信仰。我认为志趣相投、三观相合、值得依赖最重要。

我的问题是，伴侣该找恋爱经验多的还是少的？恋爱经验少的男生，爱情情商没怎么开化，对女朋友的照顾、体贴、关心、相处上都很木讷，就像初恋，磨合很艰难，这样很难走到最后；恋爱经验太多的吧，又玩不过人家。曾经遇到一个情场老手，在

感情和过往经历上骗我，我看不出来也就算了，还傻了吧唧乐在其中。

总之，找一个半成品男，在恋爱里共同成长，让人期待却艰难多多；找一个成熟的男性，容易得到体贴，却也容易被套路。我就是个普通女生，想谈一场不要太坎坷的恋爱，找一个可以依赖的伴侣，该怎么面对不同经验值的异性呢？

鲁小胖的回信

生活中我特懒，怕麻烦，有鸵鸟心态，不到最后关头总不愿意去直面问题。但我这样的人吧，至少有一个优点，那就是绝不会没事找事，没有问题创造问题。

比如晓岩，关于谈恋爱该找新手还是老手的问题，就属于闲得没事的问题。恋爱，你还是先爱上再说吧，而不是用各种理论、分析武装自己后再去找，因为根本没用啊。你会发现，要么太过理性、清醒，让你失去爱的能力和冲动。要么，在爱和欲望面前，一切数据啊经验啊都是 B-U-L-L-S-H-I-T(废话)。

晓岩，还是碰到问题以后再说吧。无论一张白纸还是老江湖，都有可能是你生命中的过客，或此生挚爱，或伤透你的人渣。

因为恋爱就是个运气 + 勇气的事。

今天特想说两件事。马克龙当选法国总统之后，我的朋友圈当然刷屏了。我认识的女性朋友们通通都兴高采烈的，歌颂或者调侃，反正都被鼓舞了。

而直男们第一天基本保持沉默，第二天开始，零星表示将坐等剧情反转，比如马克龙出柜或者出轨之类的。

但是我在巴黎的女朋友 Loretta 说，就算将来马克龙和太太布丽吉特分手了又怎样？也够本了呀！我完全同意。

只有一个男的，我还挺尊重的一个文化人，阴阳怪气地发了一段话，大意是：御姐控和萝莉控本质有什么区别呢？都属于特殊爱好，怎么前者就成了爱情，而后者就被人诟病呢？

我为了转述精准不产生歧义，刚才又去搜他的朋友圈，可他已经删了这一条。我当时的第一反应是不高兴，想拉黑他。

我以为是因为我见不得自以为是的人自以为是。但其实是因为，我觉得自己被冒犯了，是因为我大龄女性的身份，让我有一种 victim（受害者）的心态，让我不够理直气壮。

昨天，一个男性美食家写的关于饭局的一篇文章犯了众怒。我看了，是另一个我尊敬的男性文化人赞扬、转发的。我读了觉得不可思议。

我是真不能忍受丑陋、猥琐和莫名其妙的男性优越感。

我想说说马克龙的太太布丽吉特，我真的特喜欢她。她五官一般，但她的身材，尤其是她的腿和胳膊好看死了。这两天被她刺激得我都想找个私教去健身。

我喜欢她，还因为她 refuse to be a victim（拒绝做受害者）。

她六十四岁了，脸上皱纹当然不少，在有些照片上看起来的确苍老。可她站在马克龙身边的时候，我能感到她的底气，好像在说：I'm good enough——my body, my face, my age is enough.（我够完美了——我的身体、我的脸、我的年龄，都足够了。）

也许，有布丽吉特这样的女人，才会有马克龙这样的男人。

如果我们不纵容那些丑陋、猥琐，拒绝被物化，拒绝被有关年轻和外貌的要求、评论束缚和打压，拒绝在婚姻、爱情、生活、事业中做一个受害者、有受害者心态，也许，我们也可以改变大环境。

说到这儿，我想重申一点，我不是女权主义者，我喜欢可爱的男性，我生活中有很多可爱的男性，我也讨厌所谓两性间的战争。

可是，在理性和浑之间，我们每一个人都得站队。

扫码收听鲁小胖的回信

友情比爱情易碎，却又比爱情公平合理

爱情、友情、亲情，你如果让我排序的话，现阶段我一定把友情排在第一位。因为亲情是天生的，你没的选；而爱情太诡异了，神出鬼没；只有友情，你可以选择，可以放弃，可以挽救，友情对我无比珍贵。

一只风筝的来信

小胖你好，在讲述我的故事之前，想简单介绍一下我的交友情况。我性别女，朋友挺多，男女都有，但对我而言真正重要的只有几个。今天要讲的就是其中一个。我和她是工作以后认识的，相互欣赏，彼此之间有很多共同语言。我们一起经历了很多事，一起对付坏人、烂人，一起旅行、分享心事，介绍彼此的朋友认识。我们都非常重视这份情谊，曾认定会是一辈子的好友。可事实上，几件小事就掀翻了我俩友谊的小船。而这几件事的共同起因就是：

她认为我对谁都是一样好，感觉自己并没有那么重要；我则认为，“你是我最好的朋友”这一点心里清楚就好，没必要处处表现，尤其是在多人聚会场合，我不想让别人觉得自己被差别对待。

我们为此争执过几次，冷战过、和好过、沉默过，直到有一天，她从我的生活里彻底消失了。这件事虽然过去了两年，但直到今天我想起来都非常难过。我知道成年人的友谊很珍贵，尤其是成年女性之间的友谊，也反思过自己，是不是自己的思维方式有问题。其实我特别不喜欢“闺密”这个词，也受不了搂搂抱抱的情谊。我一直觉得，女人之间的友情和男人之间的似乎没什么不同，都应该是君子之交。而且只要你是我认定的朋友，咱俩之间就没有过不去的坎儿，即使发生再大的事儿，喝顿大酒也都不叫事儿。但渐渐发现，这个逻辑在女生之间好像并不适用。似乎喝再多的酒，也软化不了扎在彼此心里的那根刺。有人说女人之间没有真友情，我不同意。可是我很迷茫，不明白这份友谊既然这么难得，又为何会如此脆弱？到底怎样对待女性之间的友情才是正确的，是我做错了吗？

鲁小胖的回信

爱情、友情、亲情，你如果让我排序的话，现阶段我一定把友情排在第一位。因为亲情是天生的，你没的选；而爱情太诡异了，神出鬼没；只有友情，你可以选择，可以放弃，可以挽救，友情对我无比珍贵。在家庭里，我觉得我算不上是那个好的亲人；在爱情当中，我有时也未必是个称职的爱人；但是，我可以毫不犹豫地说：我是那个靠谱的、尽心尽力的朋友。

什么样是好的朋友？什么样又是好的友谊？嗯……上个月，我和两个好朋友一起吃饭，真的是好朋友。整个晚上我们聊了很多，说了很多推心置腹的话，到后来聊得特别 high。但是突然，其中一个朋友开了我一句玩笑，瞬间，我那颗小玻璃心就崩溃了。我当时眼圈就红了，特别委屈难过。她们俩应该没有看到我情绪的波动，因为我把眼泪生生地给吞下去了。但之后的一个星期，我都没有再主动联系那个朋友。她可能意识到了自己那天晚上失语，伤害到了我。

我承认我玻璃心，承认自己小心眼儿，但我不认为我的反应过度，我觉得我的反应很正常。因为在朋友面前我不设防，所以我格外的脆弱。而因为是朋友，才更了解彼此的软肋，我们才更要懂得玩笑和挖苦之间的差别。即便是朋友，也不能逾越那个界线，否则就是不够朋友。

我的另外一个朋友小 A，心思细腻，对朋友永远倾尽全力，对我的事儿她从来没有二话。有一年我忙得昏天黑地的，没有时间和朋友旅行，到后来连和朋友吃顿饭逛个街的时间都没有。久而久之，我连跟朋友解释的心情都没有了。后来我意识到，小 A 和我疏远了，我明白为什么。在小 A 的眼里和心里，她一定觉得我认为她不重要，我知道自己做错了。当然我没有跑到小 A 面前，跟她解释，向她赔礼道歉。我只是开始改变我和朋友们相处的模式，再忙也要抽出时间和朋友交流，至少我要告诉她们：亲爱的，接下来一个星期，我会疯狂地做节目，没有时间理你们，请你们原谅我。再忙我也会跑到朋友圈里面，在她们的信息下面欠欠地点一个赞。我只是要告诉她们，我在意她们。因为友情，有时候和爱情一样易碎，但是友情又比爱情公平合理。友情并不看重你做没做到，友情看重的是你努没努力。

我讲了这两件鸡毛蒜皮的小事儿，但你仔细琢磨，其中也包含了关于友情的挺深刻的道理。好的友情是平等的，彼此付出，彼此都要在意。好的友情让人觉得温暖、踏实、自在、随意。但即便再好的友情当中，也会存在嫉妒、猜疑，甚至背叛。一个朋友的离开，有时候很像是一个爱人的离开，可能是因为我们无意中伤害到了对方，可能因为我们彼此不再适合对方，也可能仅仅是因为她找到了更好的那一个。无论什么原因，当一个朋友离开了，你还是要给她祝福，不要有遗憾，还是要对自己说：挥别错的，才有可能和那个对的相逢。只有这样安慰自己。

人这一生会经历很多的痛苦，而朋友、友情，是帮助我们渡过那条痛苦之河的菩萨。我特别感谢一只风筝的来信，让我在今天从北京飞到香港的这一路，想了很多我和朋友们在一起的往事。很感动。

扫码收听鲁小胖的回信

最好的闺密，是苦痛各自承担彼此只需陪伴

人与人之间，哪怕亲如父子、母女、兄妹、情人或者是夫妻，我们仍然首先是独立的个体。个体与个体之间的边界，是一个人保持独立、自由、安全、尊严的最后防线，请务必尊重它。

菁菁的来信

小胖你好，实在拿不定主意了，希望你给些建议。

小丽是我从高中起最好的姐妹。这些年我们见证对方遇到对的男生，然后恋爱、结婚。她四个月前怀了宝宝，眼看着要得到幸福，可我几天前突然发现她老公出轨了！

事情发生在上周五晚上，我们公司年度聚餐。我和老公晚到了一会儿，一进包厢就看见小丽老公紧挨着我们公司销售部一个姑娘坐着，我当时都惊了。没过几分钟她老公找借口溜了，我想

去质问那个女同事，被我老公拽住了。

老公提醒我说小丽怀着孕，事情也没搞清楚。我向两个销售部老同事打听，他们说那个女同事和小丽老公都交往小半年了！

我这两天快纠结死了！

小丽和他结婚不到一年，知道怀上孩子两家人高兴得不得了，我这时候去告诉她渣男出轨了，小丽和老人肯定要崩溃！可我也不能眼睁睁看她被这个渣男祸害。我坚信狗改不了吃屎，嫁给这种人这辈子就毁了！我想了很多处理办法都行不通，现在告诉她还可以离婚，孩子刚四个月还可以比较保险地打掉，再拖就不行了。

我老公说最好先跟小丽老公谈一谈。想到他我就觉得恶心。小胖我到底该怎么做？该不该让小丽赶紧看清这渣男的嘴脸？万一孩子生下来她就没法后悔了。

鲁小胖的回信

前几天我做了个噩梦，梦里梦见自己被惊醒，发现有人进了我家，我当时吓死了，藏在门后，正紧张得不知所措的时候，突然就醒了。不知是吓的还是急的，居然哭得满脸是泪。

我跟闺密说起这事儿，碰巧她也做了个噩梦，梦见了她的人渣前男友。在梦里居然有老婆，还有个孩子，两个人推着婴儿车一副特别幸福的样子。我的闺密在梦里又气、又痛、又急，也醒了，居然也是一脸泪。很明显，她还爱着那个男的。我完全理解闺密的心情，我从来不相信分手之后只要你过得比我好之类的话。如果我不爱你，你过成什么样都和我没什么关系；如果我依然爱你，过不了你这个坎儿，那我凭什么希望你过得比我好呢？

你的人生在没有我参与的情况下，如果仍然精彩纷呈的话，这让我情何以堪呢？我可以善良地允许你过得不太糟，但我真的希望没有我的日子里，你的生活总会欠缺那么重要的一块儿。

这是我真实狭隘的想法。我常常会有很多类似的、政治上很不正确的观点，但我不以为然。因为想想不犯法，我又没干什么，我也不会干什么，因为我是个有分寸的人。我尊重人与人之间的 boundary（界限）。这个词，我特别要告诉菁菁。

今天其实有好几个问题都挺严重的，可我觉得我得先回答菁菁的问题。因为别人的问题处理不好，顶多是祸害自己的人生，可菁菁的问题如果处理得不好，她祸害的是别人的人生。

我们中国人特别可爱的一点是，我们待人接物是有温度的，人情味儿可以浓到人和人之间没有任何的隔膜、距离。可是问题也就来了。当我需要隐私和空间的时候，我可能会找不到那个带给我安全感的 boundary 了。

你的信我读了好几遍，终于明白，你所谓闺密小丽的老公出轨的证据，就是在你们公司内部只可以带家属的聚会上，你看到一个女同事身边，很亲密地坐着小丽的老公，然后看到你他落荒而逃。

必须要说，你的推理和直觉绝对正确。他俩至少有超出普通朋友的关系，所以，无论以哪种标准，对一个已婚男人来说，这都算得上出轨。可问题是，怎样的出轨才会严重到让一个家庭解体？这就因人而异了。也就是说，即便老公人渣、出轨，也会有女人因为爱，因为孩子，因为钱、安全感，因为各种原因选择隐忍。怎么选择，是当事人的权利，旁人无权干涉，这就是boundary。

人与人之间，哪怕亲如父子、母女、兄妹、情人或者是夫妻，我们仍然首先是独立的个体。个体与个体之间的边界，是一个人保持独立、自由、安全、尊严的最后防线，请务必尊重它。

菁菁，如果是我的老公，在我怀孕的时候胆敢和别人风花雪月，我一定休了他、灭了他。可是你的闺密未必会和我一样如此决绝啊，你不是她，你无权为她决定。

作为闺密，你可以和他老公开诚布公地谈一次，吓唬吓唬他。但是对你闺密，现阶段只能婉转暗示、劝她多管管老公。其他的，let it be（随它去）。这不是不够朋友，这恰恰是够朋友。千万不要打着"我这是为她好"的旗号。你不是她，你不知道怎样才是为她好。

还有一点，就算要离婚，孩子怎么就不能生下来呢？菁菁，我知道，你爱小丽，你不希望她痛苦。可生活当中，有些苦痛我们只能各自承担，你唯一能做的是陪伴她。

这就是友谊，这就是人生。

扫码收听鲁小胖的回信

你愿意做全职家庭主妇吗？

我喜欢工作，我相信工作着的人是美丽的。不过人各有志，如果你喜欢家庭、适合家庭的话，就待在家庭里，做个家庭主妇一样伟大。

大宝和小宝的妈的来信

我在十七八岁时候，经常畅想着自己三十岁时应该会是一个事业型女强人。穿着CÉLINE，进出CBD高级写字楼，深蓝色KS包里可能还收着早上大区会的新方案，业余和大学闺密们喝各种下午茶，看先锋话剧，游云南逛台湾，时刻体会着一颗文艺的心、一个繁华的都市和口袋里不多的钢镚儿之间的错综复杂的三角关系。

这是我二十六岁前的样子。在那之后，老公公司上市，我专心在家带孩子，从此被归类成有两个娃的全职妈妈。在老大两岁前，我的生活格外沉闷。首先我发现我被培养了二十多年并引以为豪的人生技能统统作废了，而要学习的是一些自己格外抗拒的新技能。

比如说我一柜子的OL连衣裙和高跟鞋被束之高阁，每天背着无纺布袋去超市购物就可以了；比如说我再也不需要写一些有逻辑有笑料或者有绿茶因子的文章小说，只要关心下小朋友今天拉了几次就好了；比如说我再也不需要去约女朋们看夜场地下电影了，只要时刻关心人民币什么时候升值，要多从代购那儿囤三段奶粉了；比如说我再也没有时间去烘焙三种以上的小可爱点心，只要每天能在小孩睡午觉时候把家务干完把晚饭搞定就好了。

OMG，这些令人心碎的变化……

苏菲的来信

老公是单位的财务经理，平时应酬很多，不是单位聚会，就是朋友聚会，还有战友聚会，我特烦他不回家吃饭。我在家闷一天，就想晚上他能回来陪陪我、说说话。所以他一回来晚了，我就和他吵架，时间长了，他就爱和我说谎，明明是和战友吃饭，就说是单位来客人了，回来经常都是十二点以后，我就生气。他还不理解我，说我事多、不满足，等等。有时朋友聚会，人家都带老婆或女朋友去，可他不带我去，因为我还得照看孩子。时间长了我心里很难受，猜想他是不是不爱我了，嫌我老了带不出去了。

海的来信

我们是一家四口：老公做点生意，我看俩孩子。我当全职太太这一年来，觉得我们这个家问题非常大。我和老公基本没话说也懒得说，讲不上两句就开始不高兴。我不是啰唆的人，但是老公很是挑剔。唉，感觉对我要求特高，做家务带孩子我必须做到最好，不然全是我的错。他和孩子们的关系，也几乎没什么互动。这一年带孩子们出去不会超过五次，我说的出去不是去远的地方旅行，就是逛个超市公园之类。只有我在管孩子们吃喝拉撒、学习，我很无奈。除了从他那儿拿钱，不知道他还有什么存在的意义。我非常厌倦这样的生活状态，我该怎么办?

鲁小胖的回信

今天的题目真的觉得好难。我自己没有做过家庭主妇，但我有很好的朋友是家庭主妇。小的时候我对家庭主妇这个概念是不屑的，我想长大了我要做事业型女性，怎么能待在家里？现在当我特累、很委屈，甚至感到害怕的时候，我会真心羡慕家庭主妇，我想躲在家里是安全的、温暖的。

我记得有一年“十一”假期，我去国外看望我的朋友。她很早就嫁到国外，一直住在那儿，有两个女儿。有一个星期的时间，我就住在她家里，每天早晨起来陪他们一家人吃早饭，陪她去超市买东西、洗衣服、做中饭、洗碗，再做晚饭再洗碗，然后很早上床睡觉。每天晚上躺在床上，我觉得内心无比踏实、安静，我特别羡慕她。想想这样的日子，我只能过一个星期，特别伤感，甚至好像为此掉过眼泪。当然我明白她也很羡慕我的生活，这就是围城内外的关系。

我当然明白我自己，根本做不了那样的事情，过不了那样的日子。一个星期可以，一个月可以，时间长了我怎么办？人生很公平，有得必有失。我的生活看似光鲜亮丽，但我要承受压力、竞争、批评；她的生活看似安逸，但她必须要忍受寂寞、单调、偶尔和世界脱节的惶恐。

再回到今天的话题，几个很困惑的朋友，我想你们就是对我发泄一下、撒个娇对不对？你们的日子应该没有到过不下去的地步，我想你们的老公也没做什么对不起你们的事。如果是这样的话就好好地过日子。你们记住，永远不要放弃自己，让自己任何时候都漂漂亮亮的，外表很重要。

还有，有的时候可以给老公一点空间，放他们一马。就想他们辛苦了，回家不说话就不说话了，不跟我吃饭就不吃饭了，你没时间理我，我还没时间理你呢。要有自己的兴趣、自己的朋友。在家里面你要生活得很坦荡、理直气壮，做家庭主妇没有工资，可是这家里面的每一样东西都有你至少一半的付出。我要是你，花老公的钱（当然我不会造），我会理直气壮。不过我还是会去工作，因为我喜欢工作，我相信工作着的人是美丽的。不过人各有志，如果你喜欢家庭、适合家庭的话，就待在家庭里，做个家庭主妇一样伟大。

好好地过日子。生活不容易，各自的生活各自承担。偶尔你有什么心理压力，有什么不舒服的话，就到我们这儿来，释放一下、发泄一下，然后回去继续努力寻找生活的意义。有人对我说过，这是一个我非常信赖的人，他说："只要努力寻找，生活总有意义。"

扫码收听鲁小胖的回信

但凡不能杀死你的，终将使你强大

每一段情感都有它自生自灭的轨迹，最好让它自然生长，很多时候我只能相信：Things that don't kill you can only make you strong.

小蒙的来信

小胖你好，我姓蒙，二十七岁，离异一年半，是小城市的公务员。

我身体底子弱，这几年努力学习瑜伽和舞蹈，就是想让自己变得强健起来。身体原因加上离婚带来的挫败，我至今不敢跟亲朋好友说我“离”了。跟陌生人接触时自己都觉得底气不足。

我所生活的地方婚姻观比较传统。小地方的人尤其喜欢议论，渐渐地有人知道我离异了。有时风言风语传到我耳中，感觉他们都把没有小孩而离异的女人视为怪兽。

这一年来，陆续交往过三个男朋友，令我难以接受的是，他们都不敢公开和我的关系，或是怕被风言风语所伤，或是怕父母得知我的离异而不同意。

二十七岁离婚，这是十恶不赦不可原谅的事吗？女孩子结束一段错误的婚姻后，就不配再拥有尊重和幸福？为什么有人会对离异女性如此歧视，而对离异男性宽容很多？

由于心病和压力的影响，最近我的身体频频出现状况。我从小都是父母眼中的省心孩子，不料现在反而让他们过多地操心了。小胖，是不是我还不够努力和强大到能摆脱这个自卑、弱小的自己？如果我的身体和自立能力强健起来，他们会自动闭上嘴吗？

鲁小胖的回信

昨天我干了件自己都佩服自己的事，请允许我先嘚瑟一下。

不丹的虎穴寺，雨后，山路特别泥泞、湿滑、崎岖。那些台阶高高的，特别漫长，好像永远都到不了头，总之一切让人绝望。我是在导游担心地注视下，拒绝了骑马上山的诱惑，自己一步一步爬上去的，而且时间花费不多。

上山将近两个小时，下山一个小时，真的能把人活活累死。

这一路，我的洁癖、恐高、懒惰，各种毛病好像得到了治愈。我目标特别明确，就是要爬上去，至于为什么，其实不知道。因为我没有宗教信仰，我对所有的宗教都保持冷静礼貌的距离。我也讨厌运动。我又是个城市动物，对大自然没有那么多的感动。对于参观名胜古迹，我的兴致也一般。所以我真不知道自己干吗要爬那个虎穴寺。可是既然我来了，而且我想恐怕不会再来，那还是试一下呗，就爬了。

觉得快累死的时候我也后悔。可是下了山，坐上车，把脏兮兮的球鞋脱掉，把脚抬起来放到前排椅背上的时候，就那一刻，我觉得这过程真的很值得。因为我有回忆，那些云雾缭绕的悬崖峭壁上的寺院的画面，还有诵经的声音，还有背着柴火上山的僧人，而且我还有回家吹牛的资本。

我这样一个坚定的无神论者，完全不 spiritual（灵性）的一个人，站在寺庙前的那一刻，也有点眼眶潮湿。不过，那不是因为我感受到神佛的力量，而是我好像明白了自己：我可能一辈子都会这样，就是做很多莫名其妙的、费心费力的、过程漫长痛苦，然后结果未必如我所愿的事。做的时候、做完之后，我都会纠结，我会质疑自己，可是一切过去，哪怕不留痕迹，哪怕后果惨烈，我还是会好了伤疤忘了疼似的想：发生过，总好过什么都没做。

这是我昨天的经历和一些感悟跟大家分享，接下来我回答小蒙的问题，小蒙问：离过婚，女性就贬值了吗？

理论上原则上来说当然不是。道理不用多讲了吧，可问题是，在现实生活中很有可能是。这取决于你是什么样的人，你生活在哪里，还有你和什么样的人相处。比如，小蒙生活在一个小城市里，比如她交往的那些思想老旧的男朋友，还比如她自己身体病弱，好像是个内心胆怯的人。这些都决定了，在婚恋“市场”上，小蒙有可能会“滞销”。

如果我是小蒙，要么受气包似的一辈子压抑、隐忍，看人脸色、听人闲话地生活在家乡，要么我拍拍屁股走人，找一个没人在乎我过去的地方生活。当然，不同的选择各有利弊。如果你是盆栽植物，就不要轻易把自己连根拔起、草率移植。我倒是同意小蒙说的：是因为自己还不够强大。

你强大了，别人不会闭口，可是你强大了，你的盔甲厚了，也许，外界伤不到你的筋骨了。小蒙的问题其实并不大，年轻，二十七岁，一切都来得及。

我今天还想说些题外话。八卦、好奇可以理解，因为我们都是这样的，但愚蠢、不善良不可原谅。把家世、隐秘的生活、情感暴露在光天化日之下是不明智的。家丑不可外扬这句话听起来略显迂腐，不过它可以总结成另外一个更与时俱进的词：dignity，尊严。

当你把一个人的私生活变成一场公众的狂欢，你就是残忍、愚昧地剥夺了这个人的 dignity。这种做法不可原谅。

每一段情感都有它自生自灭的轨迹，最好让它自然生长，很多时候我只能相信：Things that don't kill you can only make you strong（杀不死你的，只会使你更强大）。

扫码收听鲁小胖的回信

租房还是买房？人生永远有另外一种活法

买不买房子就和结不结婚一样，这不是每个人都能做，更不是每个人都必须要做的。前半句话是现实，后半句是态度。

_0

夏德沃克的来信

我有一个女同学，是一个外貌平平能力平平，一直在努力化妆和学习，可是怎么都不能变得优秀的人。就是因为这么多努力 in vain，她差一点变成大家闲来无事时的谈资。毕业后，她认识了一个男生并很快步入婚姻殿堂。在这里需要交代故事主旨：他们是裸婚，直到今天他们有了一岁半的宝宝，还是租房住。可是，我们对她的评价是：她嫁给了一个好男人，她赚到了。

我们对他们的了解仅限于同学婚宴（毕业之后婚宴是同学聚会的唯一机会）。每次她都会带老公参加，在整个过程中，她老公对她呵护备至，毫不羞于在人前秀恩爱，已经到了旁若无人的地步。有一次大家吃自助，她从头到尾不需要离席，她老公给她取来所有她爱吃的东西，肉烤好了会切成块放到她碗里，态度之温柔让所有的男同学义愤填膺。我们发现她越来越有女人味，甚至都忘记了他们直到现在还在租房。房子是一份依靠，当我们能在另一个人身上找到比这更坚定的依靠时，房子可以等等。

思淳的来信

在上海工作七年，一直在租房子。虽然房子设备齐全，但总有种“这些与我无关”的感觉，也因此一直懒得置办物品装饰房子。前些天，房东跟我说，房租明年要涨三百块，我算了一下，可能又要重新找房子搬家。从毕业到今天，搬了九次家，每一次都心力交瘁。在这座城市里，我一直找不到真正落脚的地方，时刻感觉自己是个“异乡人”。

小胖，说实话，房子太贵了，靠我自己真的买不起。但我也真的真的一点都不喜欢租房。只要我有能力买，一定会买房子，哪怕还贷款还得特别辛苦也无所谓。同事跟我说，有孩子以后更需要房子，因为没有上户口的地方，学都上不了。我认为，租房子跟买房子根本没法比。我没有办法接受一直不买房只租房地过下去，我不想再过那种被房东随时赶走的日子了。我想要一套房子，想有一个真正属于自己的家，想在这个城市找到归属感。

鲁小胖的回信

买不买房子就和结不结婚一样，这不是每个人都能做，更不是每个人都必须要做的。前半句话是现实，后半句是态度。当然如果你有钱，需要不动产带给你的那种安稳的感觉，又碰到你买得起、看得上眼的房子，这就好像你碰到了能结婚的另一半一样，那就结呗，买呗。否则，租房、搬家、再租、再搬，就和恋爱不停换对象一样，有人会觉得动荡不堪，但有人也会羡慕得要死。

如果不是今天的主题，我几乎忘了，我曾经有过丰富的租房经历。大学毕业以后，我先后在北京租房两次，上海一次，美国西雅图一次，香港七次或者八次……我真的记不清了。回望过去，当年的我，随遇而安，充满了有意思的“恶趣味”。比如我在建国门附近住了快一年的公寓，卧室的墙壁居然铺了和卡拉 OK 包房里一样的那种软软的墙布，图案暧昧、昏暗，我居然兴高采烈地在那儿睡了将近一年。在上海虹桥，租住的高层公寓，客厅是那种奇怪的菱形，我竟然在“北欧风情”买到了一模一样的菱形餐桌，但是因为边角太多，每天都会被那张桌子撞痛无数次。

在西雅图，我租住的公寓叫 Belltown Court，离码头边的蔬菜水果海鲜市场走路只要十分钟，邻居中居然有演员 James Earl Jones。这里当年算是有设计感的地方，而房租和北京相比，简直感人。两年前我又去西雅图参加一个国际论坛，专门坐车去故地重游，但是那栋楼“气数已尽”，沧桑得厉害。看了还挺心酸。

1996 年到 2002 年，我常驻香港工作，那几年租房搬家特别任性：房子太小，搬！居然涨房租，搬！离公司太远太近，都要搬！太安静，太吵，更要搬！总之，一言不合，搬！我无法想象，我曾经一个人指挥两个工人，把沙发、书柜、大批的书籍、衣物，打包、装车、再卸车、塞进新家。工人把物品基本归位之后，我一个人，居然把影碟机各种连线组装起来，半夜还在新家看了部电影。只是可惜，那个新家临近高架桥，第一晚我就在噪音声中几乎崩溃了，第二天立即决定再找中介，再搬家。那种活力、生命力和四处乱冲的莽撞，我无比怀念。

其实，关于买不买房子，我说什么都显得矫情，因为我有房子。可是小时候，我和爷爷奶奶在上海，住一间小小的房间。房间很高，有个小阁楼，旁边就竖着个木头梯子。没有卫生间，做饭要烧煤油炉子，于是至今，我都喜欢煤油的味道。后来回到北京父母身边，一家四口住在三里河的家属宿舍，长长的筒子楼，就是学校宿舍的那种格局，每家一间房，所有家庭共用洗手间、水房、厨房。

那时也羡慕同学家独自拥有两居室、三居室的，但我从来没有觉得自己的日子凄苦。倒不是因为我小、不懂事，只是所有暂时性的艰苦、不顺遂，我会本能地不在意，这是一种与生俱来的生活态度。现在看来，简直是上天的恩赐，让我可以在艰难时刻也咬牙走过，反正，一切都是暂时的。

有一次和一个丹麦建筑师聊天，他说：“你们中国人就是喜欢大房子，可是，要那么大干什么呢？多大才算大呢？”我反驳他说：“那是因为你们一直不缺房子。等我们习惯了拥有自己的空间，我们才会和你们一样返璞归真。”必经的过程，哪怕它再幼稚、错误百出，也没有办法省略。

幸福当然和房子无关。但是，所有关于幸福和房子无关的人生感悟，通常只能在自己的房子里才能完成。所以，我只能祝大家早日拥有买房的能力，但要记住，人生永远有另外一种活法。

孙燕姿有首歌叫《完美的一天》：

> 我要一所大房子 / 有很大的落地窗户 / 阳光洒在地板上 / 也温暖了我的被子 / 一个房间有最快的网路 / 一个房间有很多的吉他 / 一个房间有我漂亮的衣服 / 一个房间住着朋友和他的爱人 / 我们晚上不睡觉 / 白天在床上思考 / 小狗在屋里奔跑 / 度过完美的一天

希望你的大房子能早日出现，希望它最终带给你的，不是糟糕的三十年而是完美的每一天。

扫码收听鲁小胖的回信

开放式关系是个什么鬼？

而所谓的open，我完全不能接受。我不放火，更不允许你点灯。好就在一起，不好就分开，open个鬼啊。

阿七的来信

我父母都是奋斗一族，妈妈是很有魅力的女人，内衣店开了好几家，爸爸也是白手起家做到酒店区长。刚结婚那会儿他们虽然忙到日夜颠倒，好在彼此理解和欣赏，妈妈说那时候对未来的生活、生baby和夫妻创业计划各种满心期待。

他们婚后第六年有了我，那时我妈已经三十五岁，脾气越来越强势，我爸在一次外地进修时鬼迷心窍跟一个女的发生了关系。后来我爸就跟我妈坦白了，我妈痛苦了一阵子，最后还是决定继续过日子。

让我崩溃的事发生在我小学四年级，我撞见我妈在一个男人臂弯里肩并肩地走。我吓得转身就往家跑，心里难受地意识到妈妈出轨了。我胆战心惊地隐瞒着、观察着，不敢说也不敢问，后来回想，那几年家里气氛很诡异。我爸好像知道又好像不知道，他出差也经常一走好几天。等到高中时我基本能确定：他们彼此默认了对方的背叛，或许为了不影响我学习，不离婚罢了。

我永远记得那天，大学开学前，一家三口庆祝我升学。我看着爸妈的笑脸，心里非常压抑，跟他们说，你们离婚吧，不用勉强了。他俩当时都惊了，三个人一口饭没吃。后来我妈来我房间摆出一副促膝谈心的表情，却说出了这辈子最毁我三观的话，大意是她跟我爸也都放不下这些年一起奋斗的感情，再找一个也不可能比对方合适，现在的状态俩人都能接受，也没想过离婚……

我当时就震惊了，什么叫“现在的状态俩人都能接受”？各玩各的？当时觉得大千世界为什么会有这样的夫妻？

我上大学后各种大假小假能不回家就不回去，说不清心里的感觉，觉得我是那个家庭的多余。有时候又很想让爸妈能真的“复合”！今年我过生日那天，我爸给我发了一条很长很长的消息，兜兜转转扯很多，总之最后跟我说，他跟我妈名下的所有家产都只会留给我，他们爱我。

那天看着信息，我哭了很久，或许应该尝试接受这个诡异的家庭关系，再后来看到“开放式关系”这个词心里会咯噔一下。我不知道爸妈这些年心里是不是真的坦然接受对方出轨，我想不明白。所谓的开放式关系真的会幸福吗？两个人真的会快乐吗？

这样的关系真能走到最后？

无论如何，我从心底没法接受。

Monica的来信

亲测，关于开放式关系，心理不够强大的不要尝试！脸皮薄的不要尝试！嫉妒心强的不要尝试！太敏感的不要尝试！对爱情抱有太多幻想的不要尝试！占有欲强的尤其不要尝试！

跟男友都是很洒脱的人，什么叫很洒脱？他只要发条微信报平安彻夜未归我不会查岗。我们恋爱半年后大学毕业变异地恋，那段时间我变身工作狂也很少顾到他，然后他不小心（不、小、心）睡了小学妹，哭天抢地来找我求原谅，那是我第一次觉得自己是个奇葩，居然觉得只要他只对我一个人付出真心，好像也没什么……

再后来我对公司里的“帅比”男同事花痴。开始只是想逗男朋友吃醋，开过几次玩笑后他试探性地问我是不是真的喜欢那个男同事。我掏心掏肺地告诉他，我只是颜控，生理上赏心悦目而已。然后那货一脸认真地跟我说，人生漫漫诱惑多多，一生不想只睡一个人其实也能理解。那是我第二次觉得自己是个奇葩，居然觉得他说得对……

摸着良心讲，假如那个“帅比”男同事过来“勾引”我，而我跟男票又达成了“开放式关系”的协定，那么阻碍我的最后底线还有什么呢？

不得不提的是，我妈知道我男友出轨的事后一天三通电话催我分手。我闺密一副见到怪物的表情问我怎么能忍受自己喜欢的人劈腿。可能我真是“特异体质”吧。不过真心觉得，只要他只爱我一人，而我是他唯一的灵魂伴侣，彼此在肉体上放飞一点好像也不是不能接受……

好吧，我承认我们就是俩奇葩。But，就在前几天，我妈一句话彻底把我问蒙了，我想破脑袋至今无言以对，不知鲁小胖和朋友们有没有想过这个问题：当你的爱人不停地跟别的异性发生关系时，你该如何确定对方爱的只有你一人？

到底如何确定呢？我也开始怀疑了。

鲁小胖的回信

今天要说 open relationship（开放式关系），那就先说 relationship。每一段情感关系都有它存在的理由，不同的年纪和经历决定了不同的理由，理由无所谓正确，但是只要理由在，一段 relationship 就有生命力。

十五岁初恋，因为好奇，是那种很单纯的小孩子的爱情，可大凡清纯的东西最抵不过岁月，所以呢中考结束，小孩子们就分手了。

二十岁，真正的初恋，不为别的，仅仅是因为爱情，可是爱情碰到现实多半都很脆弱，于是很多校园爱情冲不破毕业的魔咒，也散了。

三十五岁成家立业了，多年的婚姻当然有情感，但更多的是因为彼此熟悉、习惯了，因为有孩子，有各种盘根错节的经济、社会关系，而现实的力量总是无比强大，所以婚姻的解体远比恋爱来得艰难。

情感上的事只有经历过才会懂，所以年轻的灵魂没办法理解那些沧桑世故的心。我特别懂得阿七三观被粉碎的那种感受，可是所谓成长就是三观不断地被打碎、重建再打碎的惨烈过程。

我还记得，我的三观第一次被打碎是大一寒假前，我在广院食堂吃午饭。同学们八卦有一个干专班的老大哥，那是一个有家有孩子、待人宽厚友善的男人，可是他居然还有个女朋友。我当时整个人蒙了，内心好像一下子垮了。我觉得成人的世界好可怕，每个人都面目可疑、可憎。

那是当年的我。现在各种匪夷所思的生活方式我都可以平静地远观，因为我明白了人性的复杂和脆弱。我二十二岁那年，我爸告诉我，情感的改变是绝对的，你要允许它改变——那是我的三观第二次被粉碎。

所以阿七，不粉碎就没有办法成长。至于你父母，他们选择了彼此都接受的一种生活方式，你可以难过、崩溃，但你无权干预。

而所谓的 open，我完全不能接受。我不放火，更不允许你点灯。好就在一起，不好就分开，open 个鬼啊。而有些关系貌似很现代范儿地 open 着，那也不过是暂时的，最终，大家要么分开，要么回到一个 closed off 的关系中来占有，这才是人性。

所以，我当然相信 open 会存在，但我不相信它会永远行得通。

还有 Monica 的信，讲到他男朋友不小心睡了个小学妹然后追悔莫及。我的三观再一次被“不小心”这三个字粉碎了一次。摔跤是不小心，丢了身份证是不小心，睡觉这件事需要的程序太多，你的心是有多大才能那么不小心呢。所以，脆弱可以理解，但是找辙我就不能接受了。

我们是普通的人，是人就都有可能渣。愿上帝厚爱我们，给我们一个让我们完全渣不起来的人，而那个人，也因为我们的存在永远没有了渣的念头。我们心中都住着个不安分的魔鬼，让我们能够成为彼此的 terminator（魔鬼终结者）。

扫码收听鲁小胖的回信

在爱情里追求百分之百的忠诚有意义吗?

我一直相信也算鼓励自己，只要我能够坚持、够勇敢，永远都敢于付出自己的真心，也许有一天还是会获得一张爱情证书的。

喵喵的来信

从确认他出轨到今天正好三天。我做梦也没想到在这短暂的三天之中会出现如此戏剧性的事情。

7日周五，老公一如往常来公司接我回家。在公司楼下碰见卖栗子的，我特别想吃，就缠着老公给我买。那天老公有点反常，甩开我的手面露难色。我还以为他怕在我公司门口看见熟人不好意思，还取笑他学会了害羞。

晚上回公婆家吃饭。我在厨房和婆婆洗碗，老公在客厅和公公看电视、玩手机。过了一段时间，老公去洗手间，我随手拿起老公的手机。此刻，我要感谢“乔帮主”的设计，手机上可以直接看到新短信的内容。“人家想你了，什么时候过来啊！”发信人是“老刘”——老公口中常说的合作伙伴。

一阵天旋地转。怎么回事？

老公上洗手间回来，我随口说要换衣服，趁机带走了手机。

下面是老公和“老刘”的聊天记录：

老公：你脑子进水了，鉴定完毕！

老刘：我就是，身子里也是水！

老公：我摸摸。

老刘：滚。

老公：你想要多少我都给你。

老刘：嘿嘿，那要你呢？

老公：COME ON。管他的栗子呢。

老刘：我也要吃栗子，还要吃你！

…………

和老公结婚三年，我们之间的感情一直非常好，我从来都没有怀疑过他。我觉得这种事不会发生在我身上。可是突然地，它就这么发生了，而且从他们的聊天记录来看，他们发生过关系了。

我还是有点不敢相信。

老公一直喊我，过来敲门要玩手机，我赶紧平复自己，换上衣服就出来了。他们没发现我有什么变化，大家都在看电视，是赵本山的小品回放。公婆和他都笑得很开心，我也赔着笑，心里却抖个不停。

当天晚上我像什么都没有发生一样，去睡觉了。晚上他洗漱完，过来抱着我说了声老婆晚安就睡了。我忍着心痛，一遍一遍告诉自己一定要忍住一定要忍住，毕竟公婆在家里不能爆发，可是身体一直在抖。老公大概发现了什么，从背后抱住我问我怎么了。他一摸枕头发现湿了，就打开灯关切地问我怎么了。

我当时就拼命忍着，说没事，就是上班遇到了一些不开心的事。我拼命咬着嘴唇，一直在发抖。他慌了，抱着我不停地问我怎么了。

我就怔怔地望着他，突然觉得他很陌生，脑海里浮现出一些不雅的画面，眼泪直直地流下来。

我问："老刘是谁？"

话出口我就有点后悔了，起码应该搞清楚所有的事情，至少让自己掌握一些主动权。可是没办法，话已经出口了。老公愣了一下，随即就是沉默。现在是三月，晚上仍然很冷，我穿着单衣手足无措地站在那儿，仿佛是我出轨而不是他一样。

然后他说的一句话让我几乎崩溃。叹气一声后，他说：你都知道了啊。

随后发生了什么我快忘了。那一晚我没睡，他不停地解释说和那个女人只是一夜情缘只是她一直缠着他而已。我披了一件羽绒大衣坐在沙发上就这么看着他不停地解释不停地解释。他解释累了还去厨房倒水喝，看着他喝水的那个杯子我突然觉得特别恶心，那是过年的时候我送给他的一只"万象"保温杯。当时觉得特别好看就买了送给他，现在觉得他那张吻过别的女人的嘴唇碰到杯子的时候，这个杯子就被玷污了。

就这样到了凌晨，我冷静下来，说现在公婆在家里我不想过问更多的事情，让我冷静冷静。就这样第二天一大早我就去加班了，其实单位里没有什么事情，我大概是想去逃避。

中午老公给我发了短信："宝贝，不知道还能不能这样喊你。事到如今我唯一想说的话就是我很对不起，很，非常，真的，原谅我……"

"你好些了吗？头还疼吗？中午记得吃饭，你生着病不要去上班了，回家好吗？让妈照顾你。我很想你，尽管现在没有了想你的权利……"

"我想了很久，真的很该死，我为什么会做出这样的事情。"

"突然很害怕失去你，不要这样，不能这样，原谅我……"

我一条都没有回。

晚上我一直在朋友家，不想回家。九点左右，老公打电话来让我回家，问我在什么地方过来接我。我说了地址之后，很快他就开车过来了。看到那辆熟悉的白色别克车我突然很不愿意上车，那个女人是否也坐过这辆车，甚至在这辆车上做过什么。

在车上大家都沉默。到了楼下他停好车，并没下车，突然说：我跟她摊牌了，我们分手了，以后我不会再和她一起，请你原谅我，我真的错了。

我听到后心里没有太大的感觉，只有一种已经出离愤怒的感觉。我没理他，直接上了楼。

随后我搬出来了，一直在单身的闺密家住着……

我该怎么办，我还爱他，我要怎么面对老公？

鲁小胖的回信

我现在还没有结束一天的工作。今天特别热，也特别累，我正在一个特别像婚纱影楼的摄影棚里面，拍摄《我是演说家》的宣传片。摄影棚的一个房间里面堆了好多的婚纱，我在想，喵喵，你结婚以前是不是也拍过这样的婚纱照。

要回答你的问题，觉得心里特郁闷，因为婚姻这么脆弱。我先说一个我的观点，一般人都说劝和不劝离，但我是觉得该和当然要和，但是该分的话也要分，我不赞同将就和凑合，那样太委屈自己了。可能我的性格比较暴烈一点，我总是宁为玉碎不为瓦全。当然这样的人比较极端，不容易幸福，但我就是这样的人，所以我给出的答案一定是按照我的性格来的。

今天的题目大家在问，在婚姻中要不要追求百分之百的忠诚。我的答案很极端，要。因为没有谁逼着谁结婚，我一直都不认为结婚是每一个人这一辈子必须要完成的事。既然没有人逼着你结婚，你可以选择一辈子做一个特别自由的单身汉。可是一旦你结了婚，那你不能光享受婚姻带给你的好处跟利益，你完全不承担责任，你完全不接受婚姻带给你的束缚，凭什么啊？所以你要么不结婚，要么你就乖乖地忠诚，你不忠诚的话，那你就一个人待着，我觉得就这么简单和公平。

在婚姻和情感中，我能够忍受伤痛，但是我不能忍受丑陋。如果你的老公对你说，喵喵，我爱上别人了，或者他说，我做了一件对不起你的事，请你原谅我。他如果这样讲的话，至少还是一个有担当的男人。可是他居然那么轻轻松松就把所有的错、所有的责任都推到另外一个女人身上，我觉得这么做挺没劲的。

未来你该怎么办？我觉得就是暂时分开，静观己变。你要给自己一些时间，半年、一年，或者更长，你看看未来你能不能一个人生活，你能不能回到你和他从前那样的日子里去。因为你不知道你还能不能再相信他，他会不会再犯同样的错误，所以给自己一些时间。可是你要有心理准备，不管哪一种决定，伤痛都不会少，而且其实没有人能够帮得了你。就像我现在，我能够听你唠叨两句，但其实仍然是无关痛痒的，只有你自己咬着牙一步一步把这条路走完。

孙燕姿有一首歌叫《爱情证书》，我一直相信也算鼓励自己，只要我能够坚持、够勇敢，永远都敢于付出自己的真心，也许有一天还是会获得一张爱情证书的。

扫码收听鲁小胖的回信

这不是男人和女人的战争，而是你和恐惧的战争

永远不要在别人的鼓舞怂恿中做出所谓正确的决定。能让你的伤痛退去、能让你重拾生活的勇气和信心的决定，就是那个正确的决定。

白雪的来信

我的先生出轨了。我们在一起七年，认识超过十年，中学就相识。他很有才华，长得也不错，周围有很多女孩围着他转，但他基本不搭理她们，别人都说他很酷。他很爱和我聊天，我们俩有很多共同的兴趣爱好，总有说不完的话。我是高中毕业后才和他在一起的。之后很长一段时间，他的眼里只有我，天天腻着我，对我非常宠爱。他不会做饭，但我生病住院时他自己学着煮粥给我喝。这些年，身边一对对情侣都分开了，只有我们还在一起，并且坚定不移地爱着彼此。朋友们都说，

只要我们俩不分开，他们就永远相信爱情。

大学毕业后，我们结婚了。别人都说男人一结婚就会变，但我觉得他对我的态度和从前一样，没什么变化。直到最近两个月，我才觉得有点奇怪。他每天下班很晚，有时凌晨三四点才回家，我问他怎么这么晚，他说是加班，说自己很累，然后倒头就睡。这样的状态持续了很多天。我回忆了一下，发现我们俩已经很久没聊过天了。前几天他喝多了，进门就睡死过去。半夜里他的手机突然响了一下。出于一种奇怪的直觉，我第一次拿起了他的手机。在此之前，因为信任，我从没看过他的手机。我不知道密码，就试着输入了几个数字，结果很快就试对了（是我们俩的一个纪念日）。点开信息后，我看到了一个女孩给他发的信息，内容大概是谢谢他的出现，和他在一起很快乐，很爱他之类的话。那一刻，说实话，我的震惊多于难过。甚至有几分钟，我都以为是女孩发错了对象。

他怎么可能出轨？我拿着手机一夜没睡。第二天他醒来时，我把信息拿给他看，以为他会辩驳，没想到他马上就承认了，说自己没禁住诱惑，恳求我能原谅他，说他很爱我，不能失去我。我甩开了他，暂时搬到闺密那里去住。我也很爱他，也曾无比信任他，曾视我们的爱情为信仰，但他的出轨却给了这信仰致命一击，让我对他对人性产生了很大怀疑。他怎么可能出轨呢？还是说男人都会出轨？我很迷茫，想起与他的往日时光，不知道该不该原谅他。

鲁小胖的回信

今天我被一个男人气着了，被一个女人感动了。这个男的是我闺密的中学同学，后来移民美国，一直在加州做房产经纪。两年前我在L.A.见过他一两次，他的外形乏善可陈，就是一个发福的但并没有完全走形的中年北京大哥，属于是我朋友的话，我看他还算顺眼，不是我朋友的话，我看他就怎么都不顺眼的那种。今天，他在朋友圈里发了邓文迪和男友、Vera Wang和男友、李冰冰和男友的照片，并且感慨说："现在这男孩儿们都怎么了？放着一群群找不着对象的花姑娘不理，一个个偏偏都想当李春平。"

他不分青红皂白一杆子横扫了很多人，我一下就怒了，然后我就"撕"了他一下。他那同学，我那闺密，"大义灭亲"更猛烈地"撕"了他，然后我就把他给拉黑了。我喜欢直男，但讨厌这样自以为是莫名自信的直男癌，这样的毛病是谁惯的？很多人会说，男人的毛病都是女人惯的，我最怕变成事事抱怨男人的女人，我一直拼命避免沦为这样的cliche（陈词滥调）。

再说感动我的女人，是一个不远不近的朋友吧。人很美，嫁了个帅而且成功的老公，可是老公花心，外面女人不断（请注意，连婚外恋都算不上，只是简单粗暴的胡来）。以往的胡来，美女朋友也都忍了，最近老公长了本事，干了票大的，具体细节我都懒得重复，总之无聊而丑陋。关键是把我的美女朋友逼到了一个进退两难、但不得不面对的地步。因为朋友家人同事都知道了，可谁也不好也不敢去安慰她，大家都在群里保持着尴尬而微妙的沉默。今天，美女朋友终于打破沉默，在群里发言，她说她很好，心大，能吃能睡，家里的事儿她能处理好，明白大家想关心又不敢关心她的心情。几句话，我看到了一个小男人和一个大女人。

这两天，大家都在讨论出轨的八卦，白雪也在信里问我。很幸运，我觉得我没有被出过轨。呵，之所以只是说“觉得没有”，是因为我发现这世上，可能有很多秘密是我们无从了解的，有很多真相是我们无法承受的。有时候，“不知道”可能是最好的解决方法，但是没有经历就没有发言权，因为假设是没有意义的。如果我的老公、男朋友在外面胡作非为，我会怎么办？以我的性格，我想我会斩钉截铁地分手、离婚，让他有多远滚多远。但我不敢肯定，事到临头我是不是真的可以这么果断。

也许我会对渣男还有情感，毕竟再渣的人也会有可取之处；也许我习惯了有家庭的生活，害怕回到一个人的状态；也许我有了孩子，不敢也无法独自抚养；也许很多实际生活的大事小事，决定了我不能意气用事；也许我还是选择在婚姻中委曲求全；也许你们也会对我“哀其不幸，怒其不争”……可是，那又怎样？自己做自己的决定，而不是根据群众的呼声来做出“政治上正确”的那个决定。要知道，围观的群众包括此刻的我，我们可能充满正义和善意，但我们无法代替当事人，为TA未来的日子买单。

一群人鼓动一个人活出自我，是不需要成本的；但一个人在残酷的生活中活出自我，可能需要付出惨痛的代价。所以，永远不要在别人的鼓舞怂恿中做出所谓正确的决定。能让你的伤痛退去、能让你重拾生活的勇气和信心的决定，就是那个正确的决定。

白雪，平心而论，你的老公并不渣，我的那个美女朋友的老公挺渣的。可是，这个婚，你们离或者不离，都不丢人。我特别佩服王菲、马伊琍、佟丽娅，我钦佩她们能够在“万众狂欢”的时候，还保持了优雅有尊严的姿态，并且做出了或者正在做着自己的决定。这个决定，不是为了做谁的榜样，只是为了保护自己的生活。因为，这个世界最终不是男人和女人之间的战争，而是你和恐惧的战争。

愿我们都能够战胜恐惧。

扫码收听鲁小胖的回信

认真去爱就好，是直是弯没那么重要

恋爱也一样，我要够爱、要深挚的爱，但不要 drama。我爱你，你碰巧也爱我，那我们就爱吧。我爱你，你不爱我，那……就算了吧。我不求不追不哭不闹，除了有点骄傲之外，还因为怕 messy。

梓欣的来信

鲁豫姐你好！我是你的忠实粉丝！最近发生了一件非常困扰我的事。我是个女生，正谈着一个男朋友，感情很稳定。但有一次我去酒吧玩，认识了一个女孩，是那种长得白白净净又有一点酷的女生。第一眼我就被她吸引，很想和她成为朋友。

我们认识以后每天都会微信聊天，也经常约着一起出去玩。我俩特别聊得来，简直相见恨晚。之前我一直觉得自己只是把她当好朋友，可是最近，我越来越发现自己对于她的感情已经远超出友情的范围：总是会忍不住看她讲话的样子，有时当她突然把头靠在我肩上我心里会有悸动的感觉，分开后也总会不自觉地想起她……搞得我都开始有点怀疑人生了，难道我是个双性恋？

鲁豫姐，我现在真的特别苦恼。一方面不太敢面对男朋友，总感觉有点对不起他，想跟他坦白又怕他接受不了；另一方面，我也不太敢面对那个女生，最近几次她约我出去玩我都拒绝了，真的无法直视她了。鲁豫姐，为什么会在我身上发生这种事儿啊，我都二十多了，难道性取向还可以后天养成吗？接下来我该怎么办啊？

鲁小胖的回信

我的女朋友C，有个交往稳定、对她体贴的男朋友。可她说，最近有个外表酷酷的女孩儿狂追她，她快扛不住了。C不拧巴、凡事顺其自然、从不和内心的欲望好奇较劲，直或者弯，她压根不纠结。

她告诉我，只是因为她想跟谁说说，因为在小小的疯狂之前，我们都需要有个人聆听，还不judge。我呢，嘴严、不大惊小怪、三观和她基本一致，所以她就跟我说了。

后来，C和那个女孩儿在一起了，她很开心，因为感到了被深深地爱着；她也很清醒，知道这只是一时一刻，绝非一生一世。可有什么爱情肯定是一生一世的呢？

至于我，我想我是个有可能被一个使劲儿追我的男性化的女性吸引的直女。这话很绕，有好多定语，缺一不可。注意这几个关键词：使劲追我，男性化，被吸引。不使劲追不行，不男性化不行，而我只是被吸引，因为归根到底，我是直女，我又怕 messy（凌乱）。

我的忍耐力高，但承受力低，比如风言风语，我听到了能扛、不在意，但都会介意，所以 messy 的生活不适合我，哪怕它再有趣。

恋爱也一样，我要够爱、要深挚的爱，但不要 drama（戏剧性事件）。我爱你，你碰巧也爱我，那我们就爱吧。我爱你，你不爱我，那……就算了吧。我不求不追不哭不闹，除了有点骄傲之外，还因为怕 messy。

梓欣的情况和 C 差不多，我还专门问 C："这不会是你写的信吧？"梓欣，其实直还是双都不重要，只是直的生活简单一些，而双或者 gay 要相对艰难。

比如，在公众场合，你和你的同性爱人不能随意 PDA：public display of affection（在公共场合亲热），除非你可以承受冷眼、好奇、不解、敌意，甚至危险；比如，你的恋爱将得不到家人的理解和支持；再比如，热恋之后，租房、买房、贷款、生儿育女、子女上学、医疗保险，我能想到的所有和爱无关、和现实法律有关的生活细节，对你们来说都会很难。

在如今的生活环境里面，我看不到你实现或者解决的可能性，所以无论你只是好奇想试一试，或者爱上了就认真就此转换阵营，你都想一想最坏的后果，没有承受的能力就别贸然开始。

当然我知道这基本都是废话，因为当你动了心思，发生是早晚的事儿。不过，归根到底我相信，爱和吸引只是一个人和另一个人之间的事儿，而这两个人都不需要定语。

我挺羡慕 C 的，她愣愣的、任性而勇敢。当然，肯定有她哭的时候，可是恋爱本来就是意外，要不活着干吗？这是 C 的原话。

前两天我们微信公众号推了篇文章，叫《吃到饭馆倒闭，爱到无能为力》。看到这个标题的时候，我正坐在“北京 1949”一间我常去的日餐厅。因为好吃，那里几乎被我吃成了食堂，可是 6 月 30 日它就关门了。

我是真的爱到无能为力，把饭馆吃到倒闭。提前离场是个特别难以拿捏的境界，我总是做不到。

你说相逢恨晚，我说相遇太早

这世上所谓的情感问题专家其实顶多是情感问题的聆听者和抚慰者，因为自己的情感问题别人解决不了，所以我们只能听别人的话，可最终还是要走自己的路。

一个野人的来信

嘿，小胖，最近情感出了点问题，很痛苦，希望你能帮我清理一下。

前段时间在泰国旅行时认识一个女孩，是在青旅认识的。我对她一见钟情，觉得她就是我一直要找的女孩。我们一起聊天，一起去清迈骑摩托，一起分享彼此好玩的故事，相处得很开心，有种相见恨晚的感觉。但后来她告诉我，她有男朋友，并且在一起十一年，回去就要结婚了。她说，她和那个人很小就认识，两家关系也很好，他们之间虽然没什么共同话题，但毕竟在一起这么久，她不能做对不起他的事。她还说，她很喜欢我，如果她没有要结婚的话，一定会毫不犹豫地跟我在一起。这里要说明一下，我和她在一起的这些日子，除了牵过手接过一次吻，没有再发生进一步的关系。

我说我会给她时间，愿意等她处理自己的感情，但她叫我不要等了，说她是不会伤害她男朋友的，他们马上就要结婚了，她不能这么不负责任。她还说，她也不想伤害我，说我等下去，只会对我不公平。而且如果我们俩在一起，社会道德也不允许。今天，她回国了，要回到她的城市去和她男友结婚，我送她去的机场。临别前，她抱着我哭了好久，然后什么都没说，就走了。

我这几天特别崩溃。幻想了很多画面，比如马上飞到她的城市去找她，或者是她男友其实也喜欢上了别人跟她分手了，等等……我还想起了 *The Bridge of Madison County*（《廊桥遗梦》），感觉自己现在的状况和那里面的故事很像，也想像男主人公一样，一直默默陪着她。

对不起，其实我也不知道在说什么，只是现在心里很痛苦，希望可以找个人倾诉。

鲁小胖的回信

先说题外话。那天一个小朋友对我说，你解答情感问题，总是劝大家分的多。当时我就乐了，预防针我是一早给你们打过的，感情、婚姻问题上我是不将就的，也见不得别人将就。问题是，我为自己的生活选择买单，可是，你有没有能力和勇气为你的选择买单你要想清楚。这世上所谓的情感问题专家其实顶多是情感问题的聆听者和抚慰者，因为自己的情感问题别人解决不了，所以我们只能听别人的话，可最终还是要走自己的路。

好，回到正题。一个野人的信，我是看完了全文才得出结论，你是个女孩，是个女同性恋。嗯，这个重要的细节你有意无意地忽略，反映出连你都没有准备好随时直面这个世界，那你又怎么能要求一个异性恋女孩会为了你放弃她的世界呢？我认识不止一个异性恋女孩在情伤、孤独、脆弱的情况下爱上了同性恋女孩，但这样的恋爱注定不会长久。我问过这些异性恋女孩，是什么吸引她爱上同性伴侣的，她们说是陪伴，是同性之间才有的默契、体贴、温暖，可是这些不足以跨越世俗的偏见，甚至无法跨越每个人自身的偏见。

通常异性恋女孩是以爱男孩子的心态在爱着自己的同性伴侣，于是当对方偶尔露出女性特质的时候，异性恋女孩的内心是抗拒的。再加上无数现实的问题，比如婚姻、家庭、孩子，除非你们有足够的物质条件可以保障你们过一种另类的生活不被打扰，否则你们分分钟溃不成军。

你们俩应该还算年轻吧。对于年轻的单身者，我当然鼓励这一生你要为了爱情至少奋不顾身一次。可是奋不顾身需要两个人一起呀。她的恋爱谈了十一年还没结婚，爱情还剩多少我不知道，反正并不乐观。但十一年，已足够让两个人、两个家庭甚至两个家族各种社会关系纠缠生长在一起，她和你根本没有能力抵抗这一切。最主要的，她喜欢你，但绝对没有爱到为了你可以放弃、对抗这个世界的程度。她是异性恋，她已经在她生理、心理允许的范围内力所能及地、最大程度地爱了你，可是这份爱对你而言仍然不够。

我鼓励为了爱尽力，但不鼓励为了爱发疯。生活中，爱不是全部，这一点我也在慢慢地接受和学习，所以千万不要为了爱放弃生活。你们不是相见恨晚，你们是相遇太早。或者，这刹那的交会就已经是你们的缘分了。未来是怎样，不知道；可现在，你要放手。

你看，我又劝你们分了。

扫码收听詹小胖的回信

图书在版编目（CIP）数据

偶遇 / 陈鲁豫著. -- 北京：北京十月文艺出版社，2021.3

ISBN 978-7-5302-2127-3

Ⅰ. ①偶… Ⅱ. ①陈… Ⅲ. ①随笔 - 作品集 - 中国 - 当代 Ⅳ. ①I267.1

中国版本图书馆 CIP 数据核字（2021）第 038048 号

偶遇
OUYU
陈鲁豫 著

出　　版　北 京 出 版 集 团
　　　　　北京十月文艺出版社
地　　址　北京北三环中路 6 号
邮　　编　100120
网　　址　www.bph.com.cn
发　　行　新经典发行有限公司
　　　　　电话（010）68423599
经　　销　新华书店
印　　刷　北京盛通印刷股份有限公司
版　　次　2021 年 3 月第 1 版
　　　　　2021 年 3 月第 1 次印刷
开　　本　850 毫米 ×1168 毫米　1/32
印　　张　10
字　　数　200 千字
书　　号　ISBN 978-7-5302-2127-3
定　　价　59.00 元
质量监督电话　010-58572393
如有印装质量问题，由本社负责调换